JN158134

怪人 江戸川乱歩のコレクション

平井憲太郎
本多正一
落合教幸
浜田雄介
近藤ようこ

とんぼの本
新潮社

目次

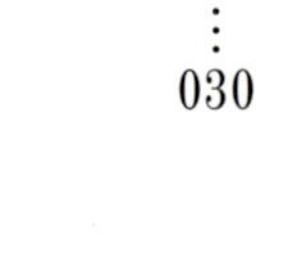

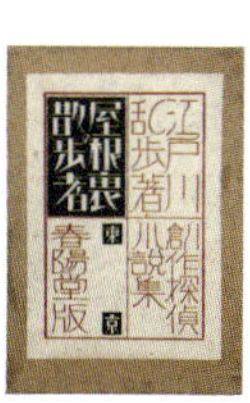

乱歩おじいちゃんとの十五年

平井憲太郎

私は、祖父江戸川乱歩にとって初孫だった。それも私が生まれたのは、祖父が五十六歳という元気な時期だったから、私にとっては「優しいおじいちゃん」のイメージが、圧倒的に大きい。

祖父のものだったカメラ（今から考えるとそれほど高価なものではなかったのかもしれないが）をいたずらする内に、分解して元に戻らなくなってしまったことがある。幼稚園に入る前のおぼろげな記憶だが、なんとかして戻そうとすればするほど、収拾が付かなくなって泣き出しそうになってしまった。すると祖父がやってきて、それを引き取るといとも簡単に元に戻して、私を叱ることなく助けてくれた。

こんなにやさしい祖父が、有名な小説家であることは、もちろん幼稚園の頃から理解していたし、少年探偵団シリーズや、監修をした縁で献本されていた子ども向けの文学全集なども自由に読むことができて、大いに恩恵を被っていた。

子どもにとって、祖父が有名人であることの一番の証拠は、来客が多いことだった。どういう関係の人物なのかはまったく判らなかったが、私にお土産を持ってきてくれる、うれしい人も少なくなかった。

雑誌などの取材もしばしばあり、時には賑やかしに私が駆り出されることもあった。その時の写真がいくつか残っているが、まったく気分が乗らないまま、祖父の脇にいやいや座らされている私の姿が、今となっては恥ずかしい。

さて、その当時の私の家の家族構成をご紹介しよう。

いまでは珍しい三世代同居だが、私の家族はさらに上を行く四世代同居だった。祖父の母が存命で、小柄で控えめな、いかにも明治の女性という感じの曾祖母だった。歯が悪くて食事は残りご飯を自分でおかゆにして食べていたが、至って元気で、部屋に行くと小物入れの引出から貝合《かいあわせ》を出して見せてくれたり、と、これまたとても優しい人だった。

二世代目が祖父と祖母。祖父も体が大きかったが、祖母もその時代としては大きな人で、通常四世代同居の時は曾祖母が「大きいおばあちゃん」になるのだが、わが家では体格の比較で、曾祖母が「小さいおばあちゃん」という、ちょっと変わった呼び方をしていた。

三世代目が私の父と母。私が物心ついた頃には、父は隣接する立教大学で教職に就いていた。母は土浦の人で、事務処理に優れていて、家事と祖父の秘書役で忙しく過ごしていた。祖父は恐妻家だったのか、仕事を妻に頼めなかったようで、秘書役はもっぱら私の母の役目だった。

四世代目が私で、六年離れて妹が生まれたので、合計七人家族ということになる。

さらに、大勢の来客に対応するため住み込みのお手伝いさんが少なくとも一人、多いときは三人もいて、最大十名があの家で暮らしていたことになる。

自宅の前、今は立教大学の五号館（1959年建築）がある場所は、もともと区立池袋第五小学校で、戦災で全焼して移転したあとを、立教大学が買い取ってグラウンドになっていた。同じく六号館がある南側の隣地は、戦前は住宅が建ち並んでいたようだが、これも全焼して、その後をやはり立教が買い取り、こちらは馬術部の馬場になっていた。その北端には厩舎があり、数頭の馬が飼われていた。

1957年に洋館造りの応接室部分と、現在研究室となっている離れを建てるまでは、家の北東寄りの敷地は、戦災で焼け出された方の跡地を祖父が買い取ったままになっていて、家庭菜園と鶏小屋があり、毎朝卵を取りに行くという、池袋とは思えない田舎暮らしをしていた事を記憶している。

昭和33（1958）年5月、自宅洋間にて、平井家4世代。左より太郎（乱歩）、憲太郎（筆者・隆太郎の長男）、隆太郎（太郎の長男）、静子（隆太郎夫人）、裕美子（隆太郎の長女）、きく（太郎の母）、隆（太郎夫人）。

この洋館造りの応接室部分は、祖父の夢の実現だった。原稿書きはいつも座卓かコタツで、落ち着かなかったのか、決して椅子とデスクでは作業していなかったのだが、「洋館」への憧れがこの部屋を作らせたのだろう。高い天井と木の羽目板、白い漆喰の壁、ダミーのマントルピースなど、そのまま小説の舞台になりそうな作りである。また、二階にも高級旅館にできそうな和室を作り、来客を泊めることを考えていたようだ。

しかし、この建物を作った頃から祖父は体調を崩すようになり、一階の高い天井が災いして、急になってしまった階段を登ることが困難で、二階はほとんど使われることはなかった。

その後、祖父が亡くなったのは1965年の7月で、私が中学三年生の時である。およそ十五年を同じ家で暮らしたことになり、少なからぬ影響を私に与えてくれたのだと、いまになって感じている。


（ひらい・けんたろう　編集者）

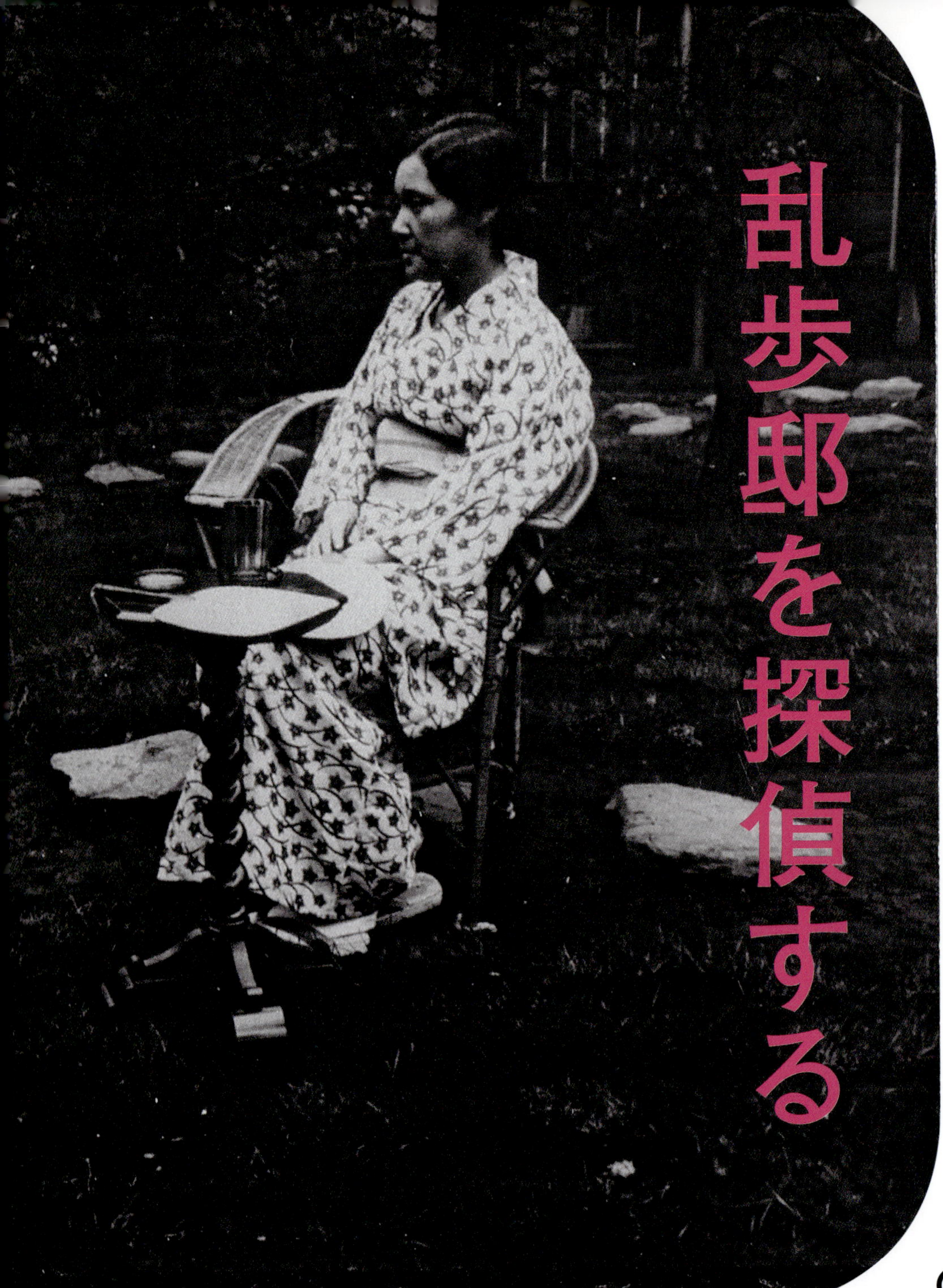

乱歩邸を探偵する

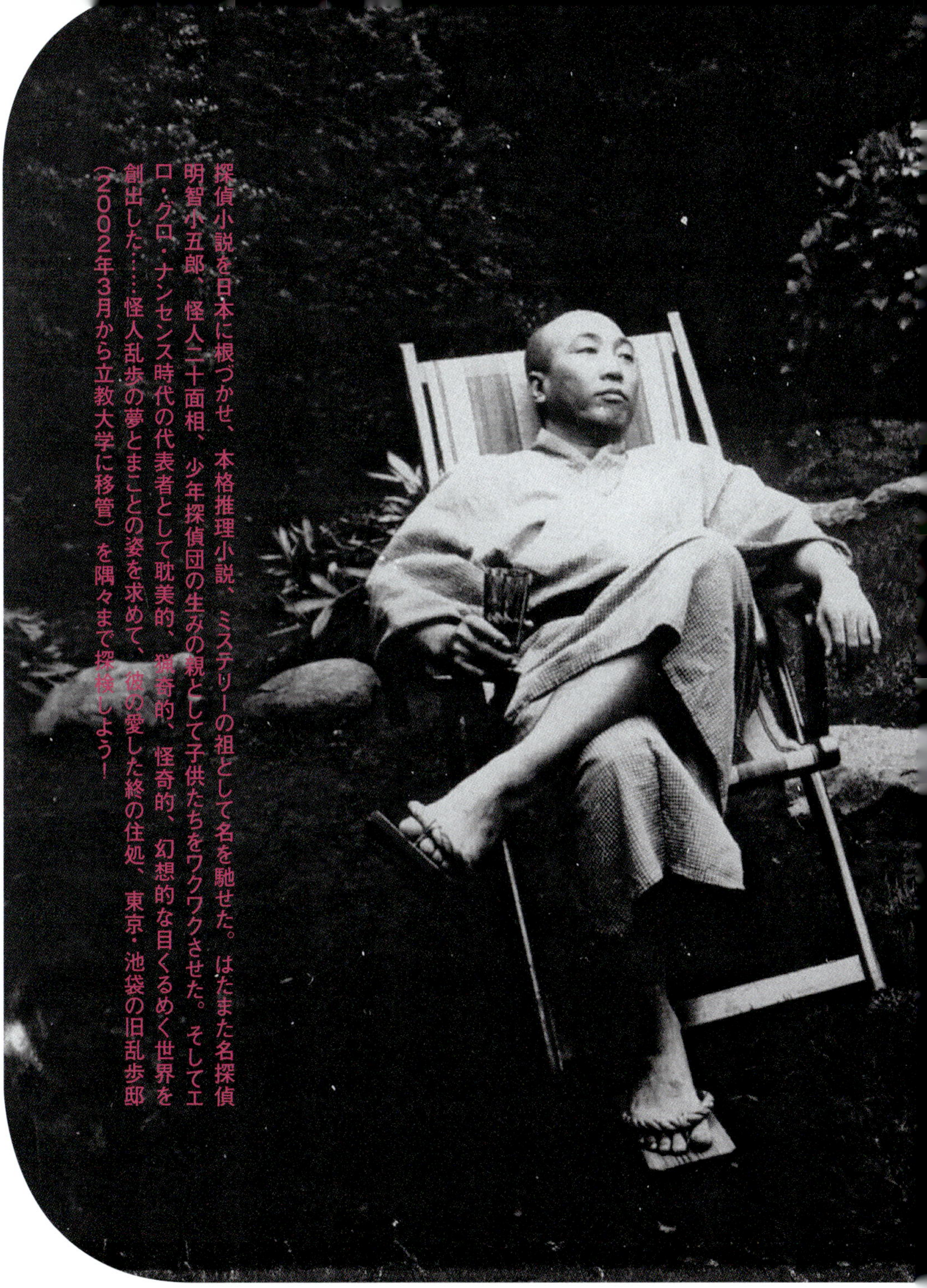

探偵小説を日本に根づかせ、本格推理小説、ミステリーの祖として名を馳せた。はたまた名探偵明智小五郎、怪人二十面相、少年探偵団の生みの親として子供たちをワクワクさせた。そしてエロ・グロ・ナンセンス時代の代表者として耽美的、猟奇的、怪奇的、幻想的な目くるめく世界を創出した……怪人乱歩の夢とまことの姿を求めて、彼の愛した終の住処、東京・池袋の旧乱歩邸（2002年3月から立教大学に移管）を隅々まで探検しよう！

昭和9（1934）年、7月に転居してきたばかりの自邸庭でくつろぐ乱歩夫妻。

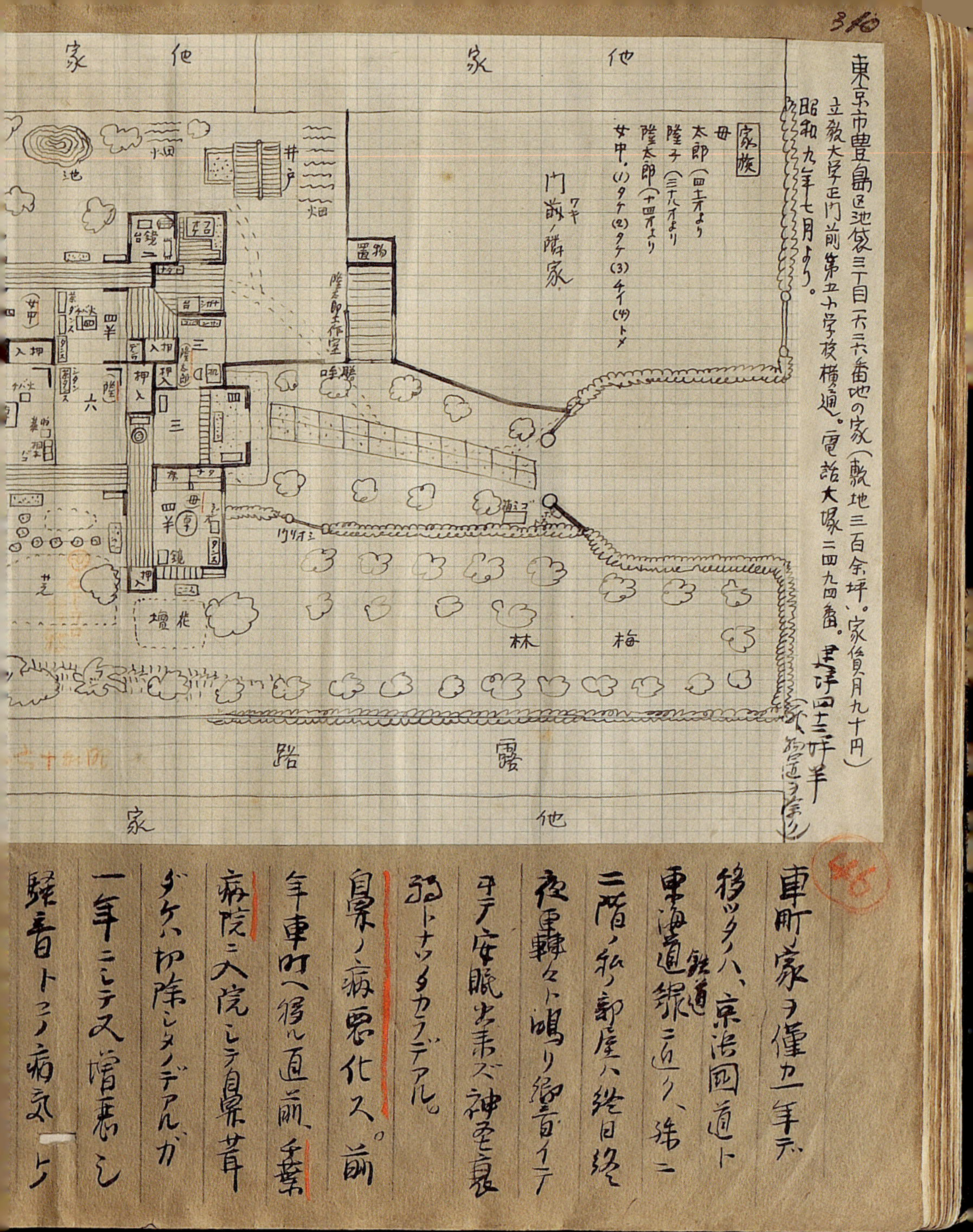

乱歩が自身に関するあらゆる記録をスクラップして作成した『貼雑年譜』より、自筆の見取図。生まれてから46番め、この「立教大学正門前」の池袋三丁目の家に、39歳から70歳で亡くなるまで、戦中の疎開時期をのぞき、約30年間を暮らした

作家と語る ⑧

江戸川

コノ寫眞ハ池袋ノ家土藏中

週刊朝日八月五日曜ノ號

「もとは、文學をもつて世に立つなどといふ考へは無かつたんです。探偵小說は好きだつたんでよく讀んでゐましたが、そのころ、丁度「新青年」が盛んに外國の探偵小說を翻譯して載せてゐたころでしてね。その時分には、日本には本格的な探偵小說といふものは出現出來ぬといはれてゐたのです。

つまり、紙や竹で出來てゐる

が實際上行はれたりすると、もうすつかり面白くなくなるのです」

「それでは、旅行したり、道を歩いてゐたりしてるときに、ふと小說のヒントを得るといふ様なことはない譯ですね」

「ありません。種探しに旅行したりしたこともあるんですが、何もこれといふ様な材料を得たことはないんです。ですから、

業

の探偵小說の話

探

偵小說といふものは、これからどういふ風になつてゆくでせうか？」

「大體において變りはありますまいね。探偵小說なんだから、その根本が變るわけにはゆかないし、まあ、個性を出すといふ點で變化を示してゆくだけでせう。そいつが厄介で――。このごろ小栗虫太郎といふ人の書いてゐる探偵小說。あれなんかま、なか

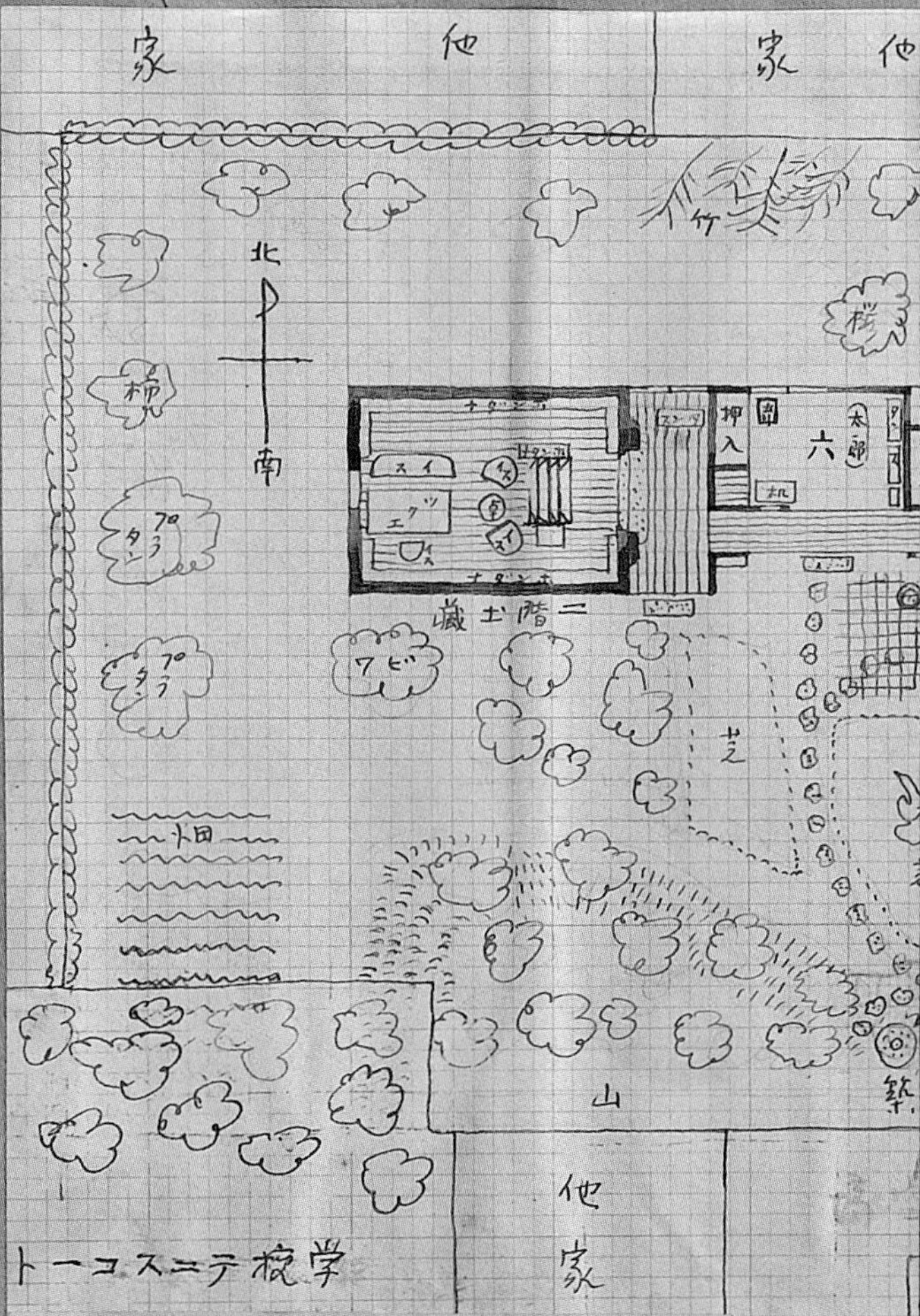

昭和九年以降

平井太郎

東京市豐島區池袋三丁目一六二六番地
電話大塚二四九四番

昭和九年以後

江戸川亂歩

東京市豐島區池袋三丁目一六二六番地
電話大塚二四九四番

無気力朕怠トモナツタノデアル。

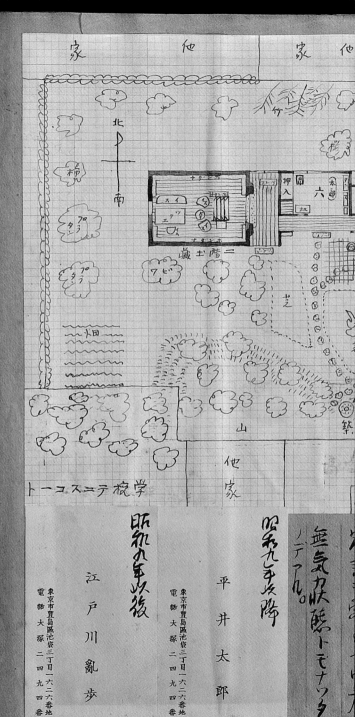

乱歩邸へのアプローチと玄関。玄関ドア周りには、いまやレトロなガラスブロックや外灯。憲太郎氏によれば「何度も泥棒に入られた」ので、頑丈な玄関に改修したとか。よりによって乱歩邸に侵入するとは度胸のある泥棒だ。
左頁／母屋の南側、洋館造りの外観には昭和モダンの香りがただよう。

昭和32（1957）年、乱歩自身が設計して母屋の南部分に新築した洋間の応接室。乱歩の洋館趣味を体現した空間である。マントルピース上部には、中尾進画「幻影城」や松野一夫画の乱歩肖像画、シャーロック・ホームズ像、エドガー・アラン・ポー像などが置かれている。

応接室に置かれた乱歩好みの小物いろいろ。上は一画に据えた机に向かう乱歩。

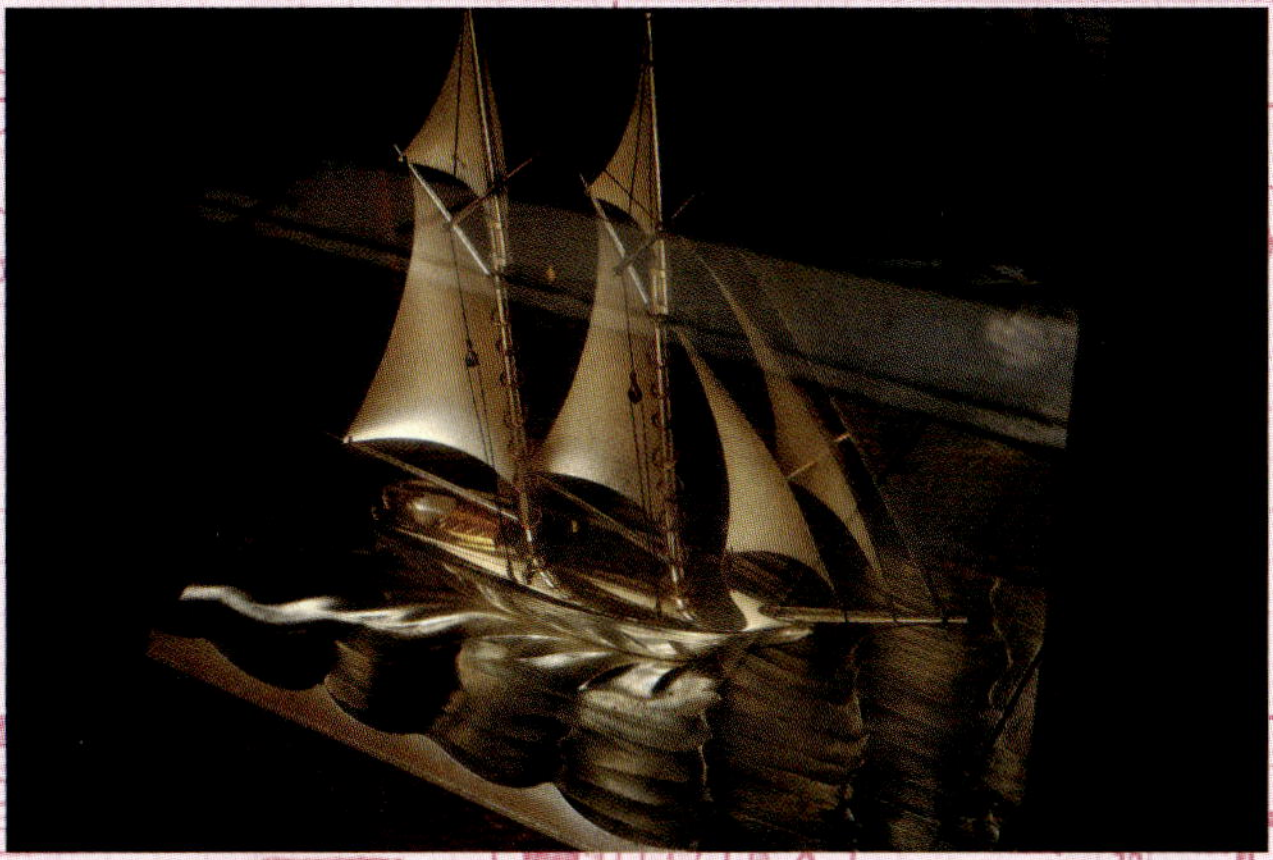

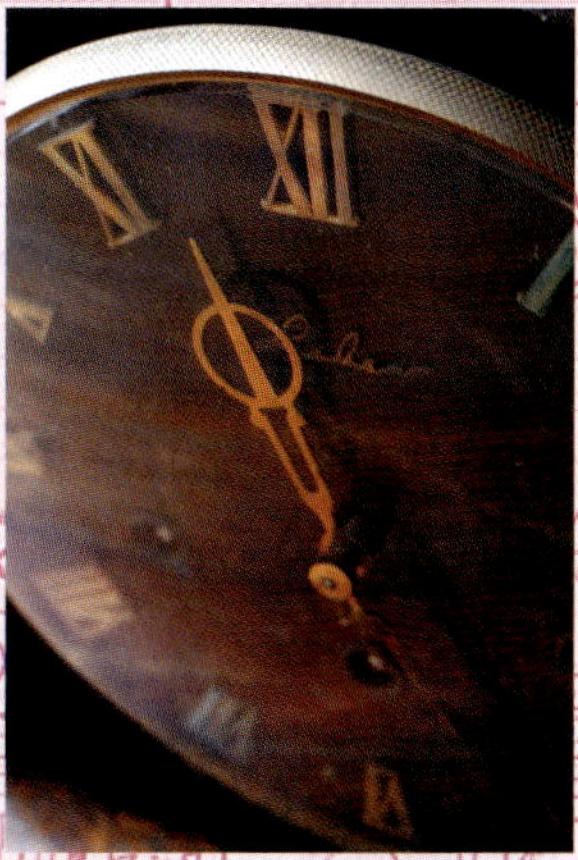

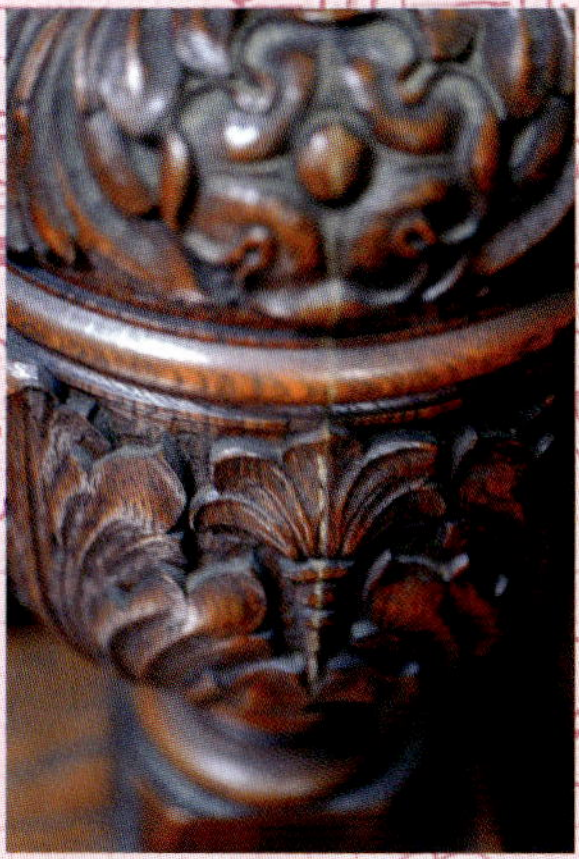

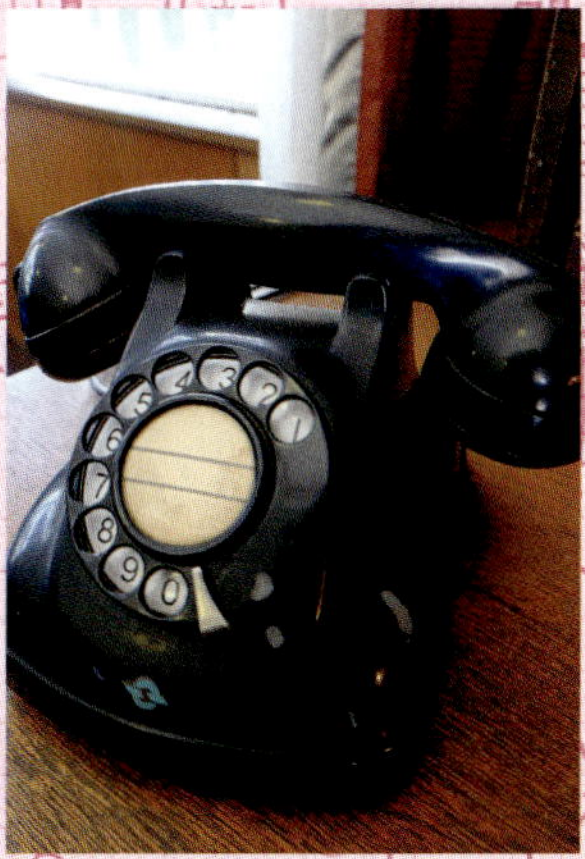

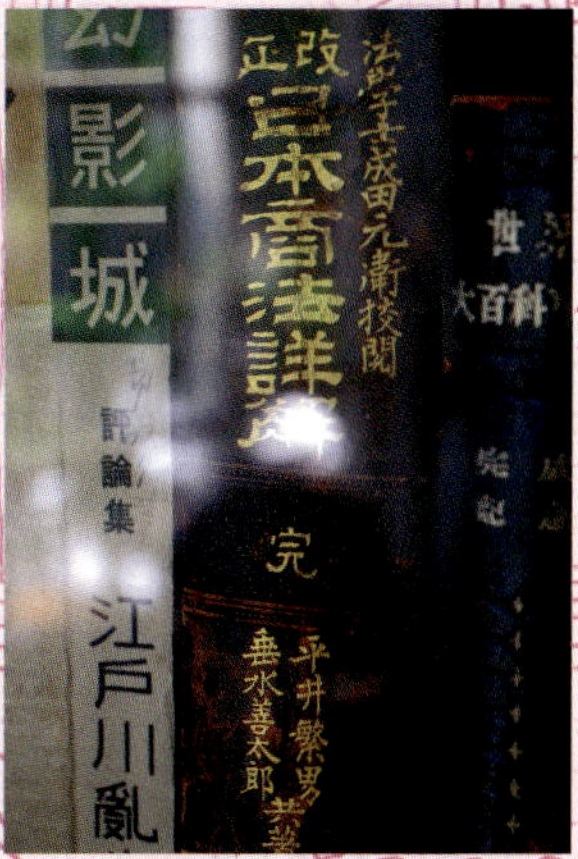
幻影城
評論集
江戸川亂
改正 日本商法詳解
完
大百科

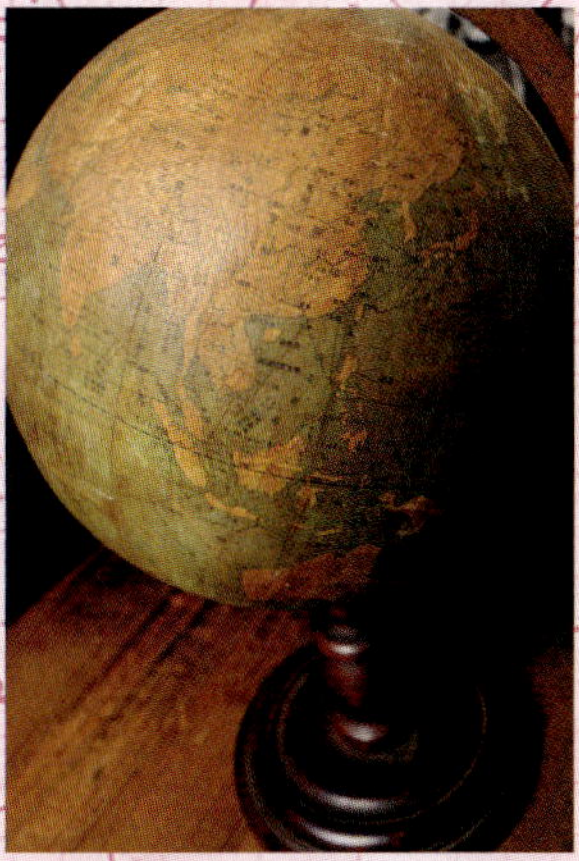

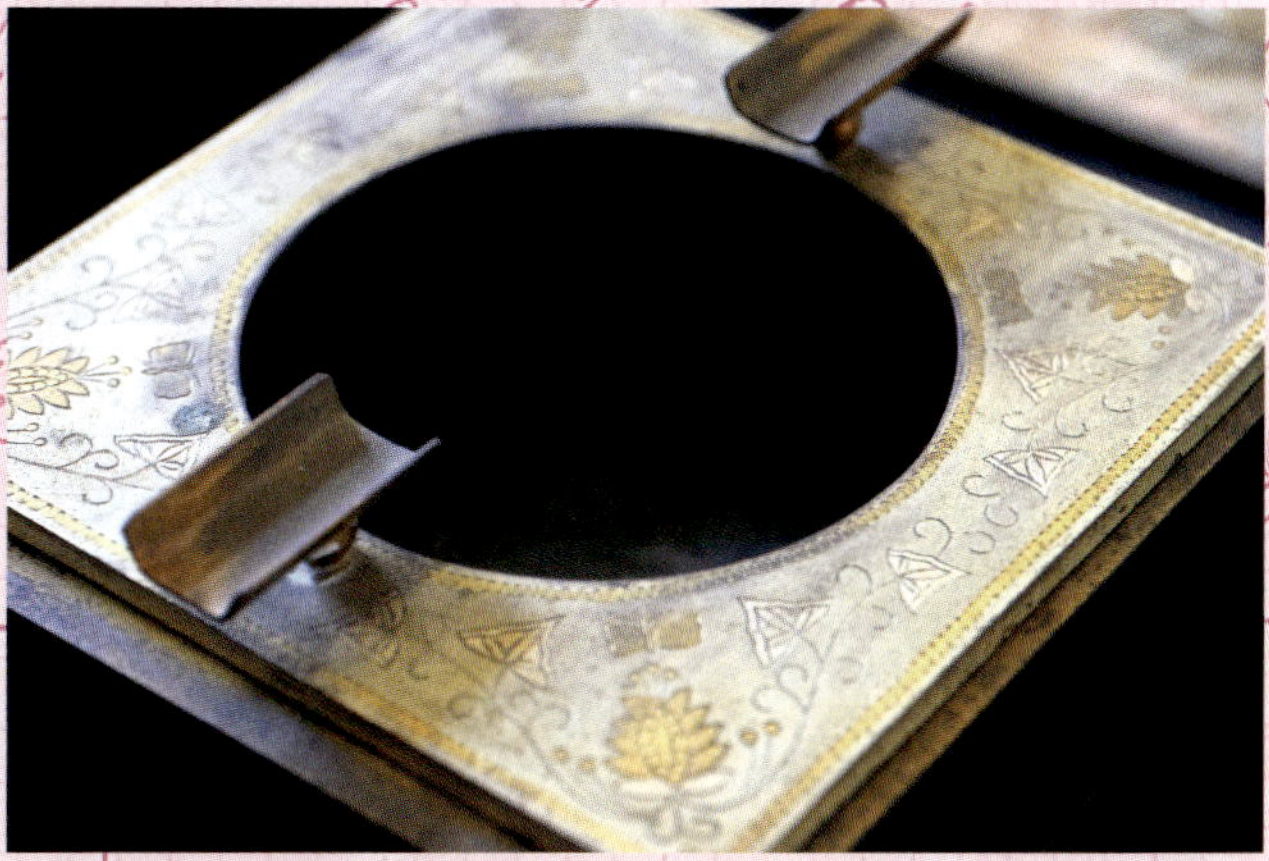

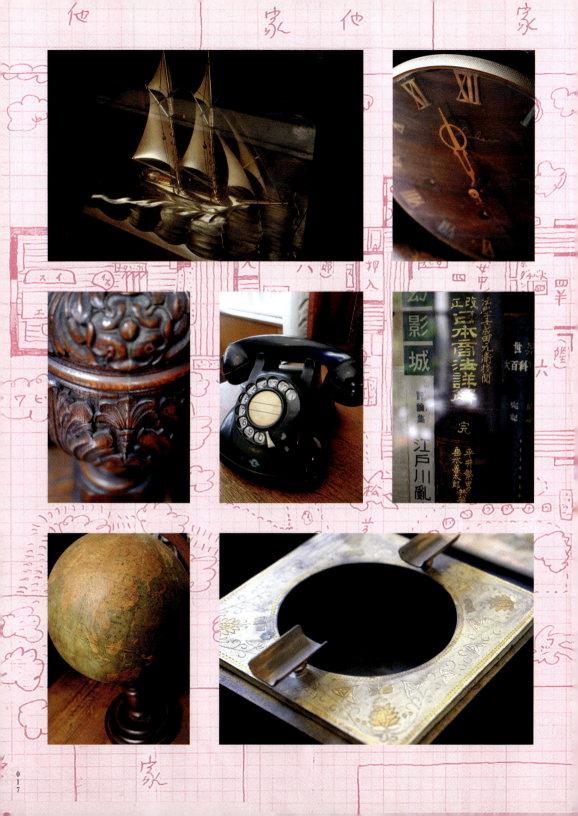

洋間の二階の和室。床や違い棚を備えた格式高い座敷だ。乱歩がこの二階屋を新築したのは、敬愛する作家ジョルジュ・シムノン来日の話がきっかけだった。ホテルより探偵作家の家に泊まりたいというシムノンの意向に応え、かねてより憧れの洋間とこの和室、水洗便所をつくったわけだが、結局シムノンは日本にやって来なかった。

洋間から和室へ上る急な階段、ランプやドアノブ、スイッチその他。ひとつひとつの備品にさえ乱歩趣味を感じ、息遣いが聞こえてきそうな家の中。

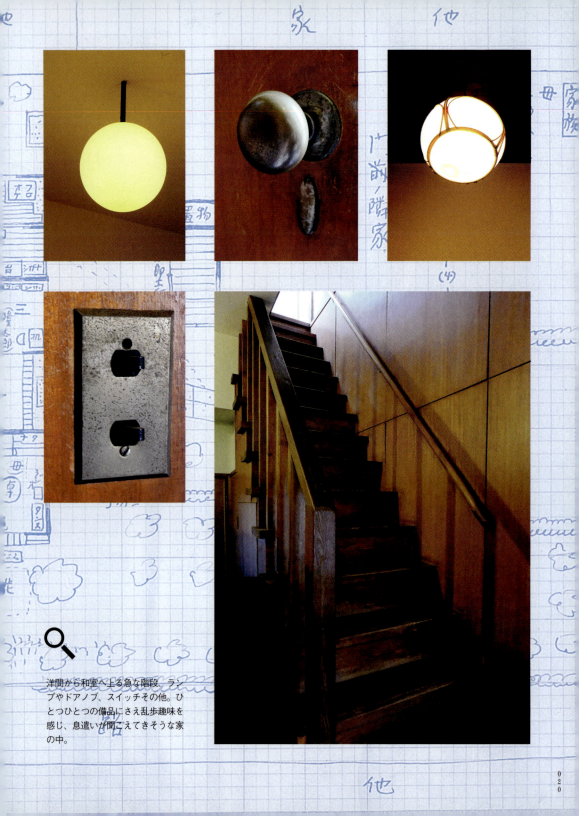

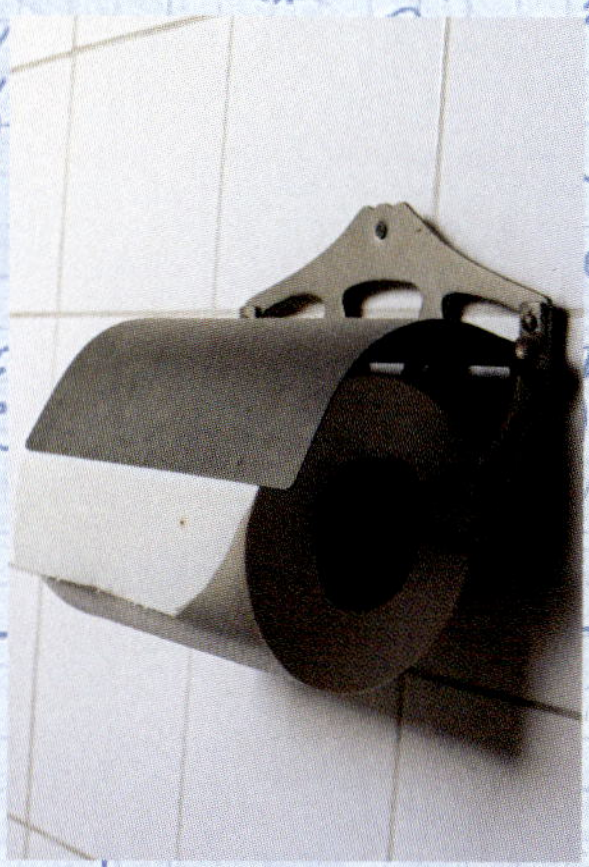

昭和35（1960）年4月、土蔵の二階で本を探す乱歩。「土蔵の暗闇の中で、蠟燭を灯して探偵小説を書く巨人」、面妖なイメージが付きまとう乱歩伝説を生んだ土蔵である。写真提供＝文藝春秋

吹き抜けになった天井（上）と黒光りする床。土蔵入口近くの床板は取り外しができる。
その下には人ひとり隠れられるほどの空間が……。

膨大な書籍で埋め尽くされる土蔵内部は、まさに巨人乱歩の脳内。知の宝庫であり、奇想の源泉である。一階は階段を囲むように回廊状に書棚が配され、古今東西のさまざまなジャンルの書籍が整然と並べられている。かつて蔵内部に机を置いて執筆した時期もあったが、底冷えする寒さに耐えかね、洋間の一画へ机を移した。

保存用自著
11
12
13
春陽堂
江戸川乱歩全集
14
15
16
17
18
6
江戸川乱歩選集
7
8

右頁／土蔵の二階は情熱を傾けて蒐集した近世の和本類と自著のスペース。木製の「自著箱」には、1から21まで通し番号と書名を記し、年代順に自著を整理していた。それぞれ手前と奥に同じものを作り、奥の箱は予備用とする周到さ。整理魔乱歩らしい。
上／隣接する立教大学六号館から見下ろす旧乱歩邸母屋（手前）と土蔵。土蔵はもともと大正13（1924）年築。立教大学によって近年、外壁が修理改修された。
2002年3月、旧乱歩邸は膨大な蔵書や資料類とともに立教大学に移管。その後、立教大学江戸川乱歩記念大衆文化研究センターが設立されて整理・研究が進んでいる。現在は週2日、旧乱歩邸の一部が一般公開されている。

終の住処に遺されたもの

本多正一

江戸川乱歩は昭和九年の『貼雑《はりまぜ》年譜』に「七月　池袋三ノ一六二六（立教大学前）ニ移轉ス」と記し、次の記事を貼りつけている。

〈江戸川乱歩氏の新居の夕涼み
『黒蜥蜴』の作者乱歩氏は、この夏、写真のやうな奥深い庭のある家へ移られた。
蟬の声の好きな氏は、樹木の多いこの家の土蔵にこもつて、存分に蟬時雨を聞きながら執筆に暑熱を忘れられるのである。
夕となれば、庭先に椅子とテーブルを持ち出し、夫人が心づくしの冷い飲みものにくつろぐ。
『日の出の原稿は明日とりに参りますが、もうお出来になりましたか？』『あゝ、もう少しだ。』〉

（『日の出』昭和九年九月号）

この家は乱歩の終の住処となった。改装や増築を重ねているので、『貼雑年譜』の自筆図面（10～11頁）とは今ではかなり異なる。借家であったが、昭和二十七年、大家の申し出により乱歩が買い取った。現在は立教大学が管理し、週二回ほど応接間と土蔵入口部分が一般公開されている。

旧乱歩邸が戦火を免れ、乱歩の蔵書や原稿類が保管されたのはご存知のとおりだが、想像以上に大量の品々が残されている。母屋の大きさもさることながら、土蔵にも書籍（22～27頁）ばかりでなく日用品が収納されていたのだ。

昭和13（1938）年7月、籐椅子でくつろぐ乱歩。

本書の30頁から、それらの品々を紹介する。ぜひご覧いただきたい。

　文学展などで展示されるのは、どうしても作家としての歩みに重心がおかれる。還暦祝賀会のとき日本探偵作家クラブから贈られた緋色のジャンパー（103頁）はおなじみだが、紫綬褒章を受けたときのモーニングや洋服なども保管され「江戸川」とネームがある。当時の写真を見ると、明治生まれらしく家では和服での暮らしぶりだったようだ。

　驚いたのは国民服やゲートルの保存である。質素な素材のためか、すり切れ、傷みも目立つ。穴の空いた国民服には本名の「平井」とあり、モーニングと対照的である。

〈息子の着古した一高の制服を一着に及び、巻きゲートルをしめ、これも息子のスキー帽をかぶり、隣組の奥さんやお嬢さん方を集めて、発煙筒を燃やし、勇敢に号令をかけて、勇ましい防空演習をはじめたものである〉（「町会と翼壮」）

　抽斗に納めてあった動員袋ともども、戦時下の品々を捨てられなかった乱歩の心情を思うと粛然とさせられる。昭和七年に十六歳で早世した愛妹・たまの笑顔の遺影にも胸を突かれた。

乱歩が可愛がった、年の離れた妹、たまの遺影。

　ネクタイや帽子、外套も多く、デザインもさまざまである。乱歩が身の回りに気をつかっていた様子がうかがえる。

〈私は今までの生涯で、帽子の似合った経験が二つしかない。その一つは少年時代の学生帽、今一つは小説を書き出して間もなく三十歳の頃、自分の工夫で作った一種の鳥打帽である〉（「外套と帽子」）

　いくつか学生帽も確認できたが、おそらく子息のものであろう。

　これらの購入および使用時期の特定は難しいが、池袋に移ってきたのが昭和九年なので、乱歩が「二銭銅貨」でデビューした大正十二年前後からの愛用品が含まれている可能性もある。

（ほんだ・しょういち　写真家・文筆家）

実録！乱歩コレクション

「死に絵と『死の島』、怪奇な装飾品に囲まれて」などと架空の会見記事を書き立てられて、すっかりイメージが固定された乱歩先生。はたしてその実像はいかに。身辺に留め、愛し好んだモノから、素顔の乱歩が見えてくる。遺された膨大なコレクションから、プライベート・グッズの数々を紹介する。

昭和5（1930）年、自宅の座敷にて、このころ熱心に蒐集していた月岡芳年の無残絵を広げて見入る乱歩。

無残絵

芳年の「英名二十八衆句」より。乱歩自身が芳年の無残絵コレクションを貼り込み、折帖に仕立てたもの。

芳年の血の絵は道化者ではない。生真面目な顔をした可愛らしい残虐の部屋の玩具の一種である。しかし玩具とは云え、あれには狂人的稟質《ひんしつ》を持つもののみが覗《のぞ》くことのできる、遙かなる太古の夢がある。何千年抑圧された残虐への郷愁がある。

——「残虐への郷愁」

原戒を示もの。然るを
是を説者の過なり

人形

人間に恋は出来なくとも、人形には恋が出来る。人間はうつし世の影、人形こそ永遠の生物。

――「人形」

昭和14年当時、信州上諏訪で病気療養中だった横溝正史から、「前年揮毫していただいたお返えしに」(「乱歩書簡集」)プレゼントされた繰り人形の首。十二、三首のうちから乱歩が気に入って所望した三首。右の二首は目玉が動く仕掛け。

夢野久作から贈られた舞妓の博多人形。足裏に「呈　江戸川乱歩様　1929　夢の久作」と彫刻あり。なぜか首がポッキリ！　なのは、おそらく後年の不始末によるものであって、元からではないと思われる。30〜31頁の写真の左上、無残絵を眺める乱歩の後ろに箱入りで写っている。

昭和5（1930）年、横須賀の怪奇人形師、井上勘平
（右）を訪ねた折、その人形たちとともに。

器械

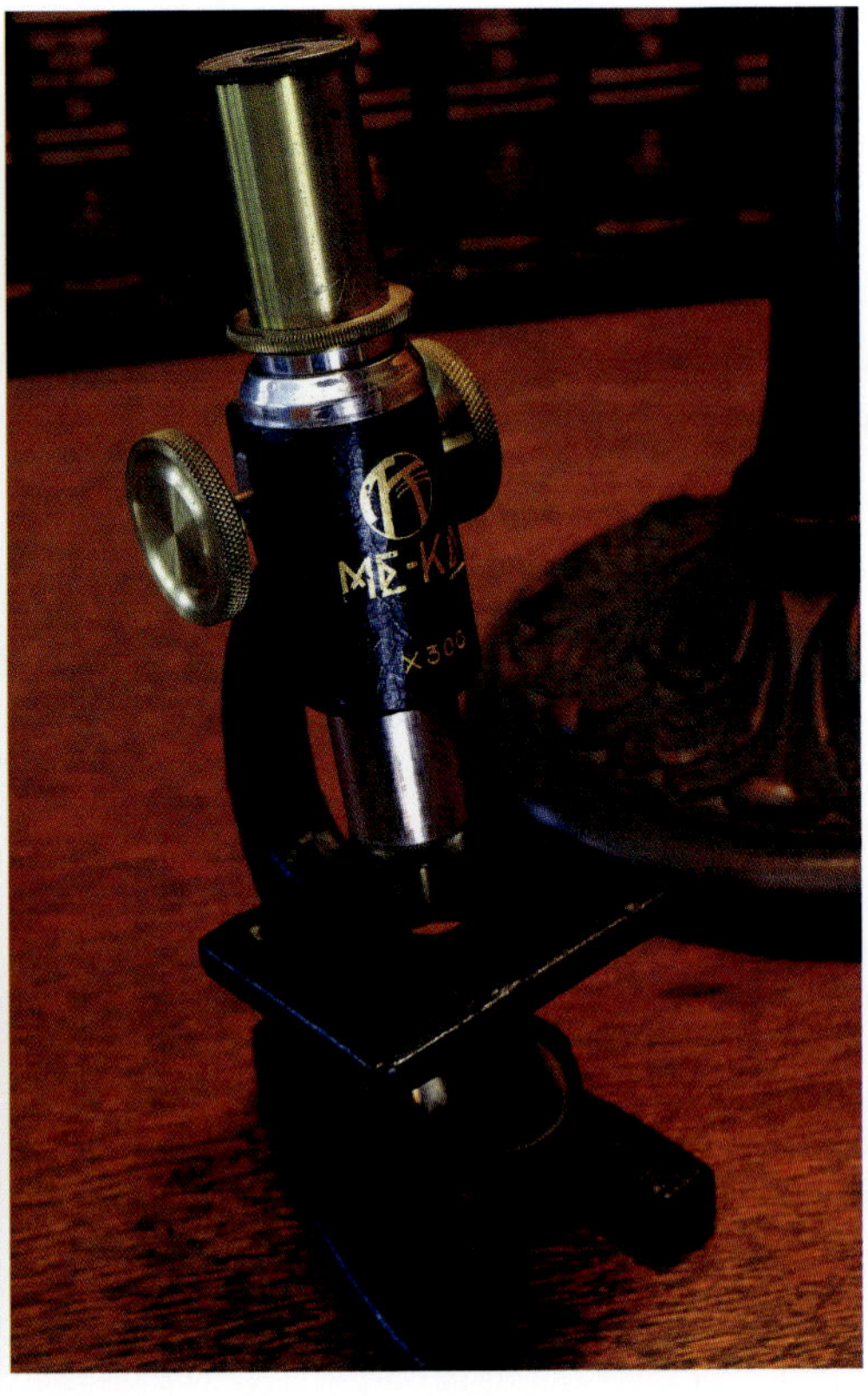

右／300倍の顕微鏡。レンズや精密器械好きで知られる乱歩は、22歳年の離れた妹たまに顕微鏡を、長男隆太郎にブリキ製の活動写真機を買い与えたが、子どもたちより自分が夢中になっていたという。その顕微鏡であろうか。

左／スイス・サンドス社製、17石の腕時計。

左頁／愛用した双眼鏡。「ものの姿を数十倍に映して見せる」レンズへの恐怖と興味は、幼少時の体験以来、ずっと持ち続けた。

私は珍らしさに、暫くその双眼鏡をひねくり廻していたが、やがて、それを覗く為に、両手で眼の前に持って行った時である。突然、実に突然、老人が悲鳴に近い叫声を立てたので、私は、危く眼鏡を取落す所であった。
「いけません。いけません。それはさかさですよ。さかさに覗いてはいけません。いけません」

——「押絵と旅する男」

旅支度

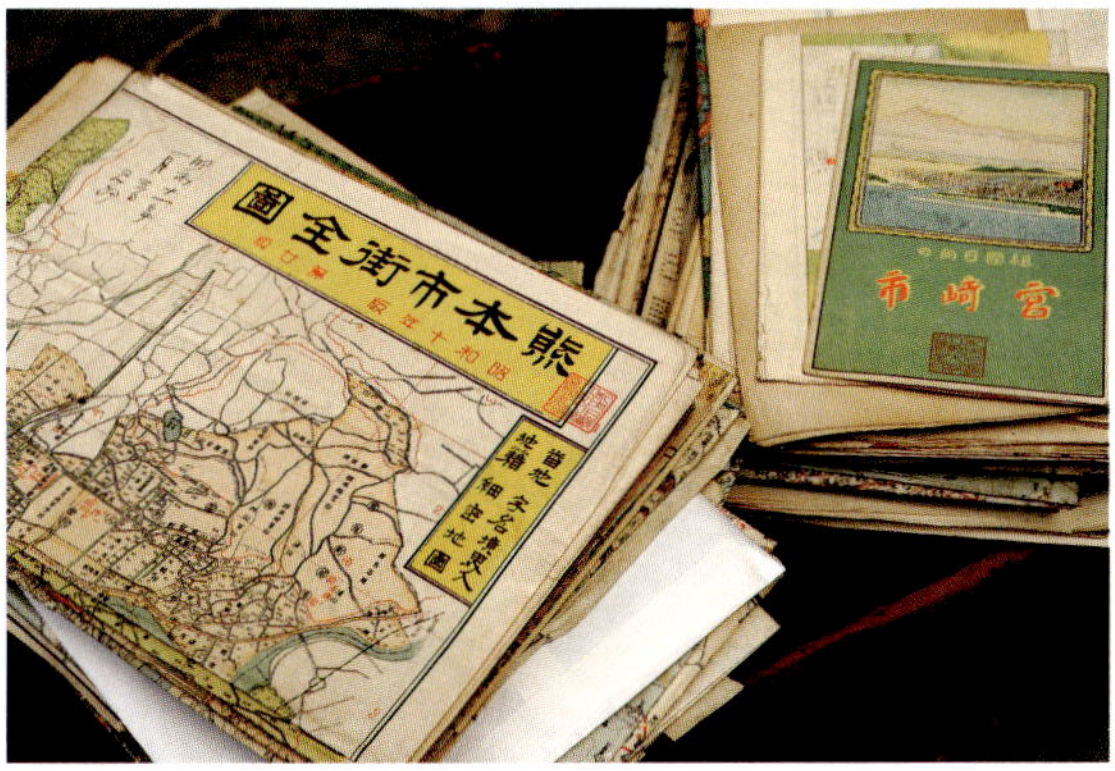

上／右頁写真で手にしているものとは別のカメラ。映画監督を目指していたこともあった乱歩は、アマチュア用撮影カメラを数台所有し、旅先でも風景や家族をフィルムに収めた。中／革製トランクと昭和2年、平凡社刊の『欧洲旅行案内』など。生涯欧米への渡航は叶わなかった乱歩だったが、じつは行く気は満々であったとか。下／放浪時代を含め、講演や家族旅行など国内各地へはよく出かけた。記録魔乱歩らしく、ガイドブックや地図が山のように残されている。

さて何を撮ろうか――愛用の16ミリカメラを手に、しばし考え込む乱歩。

マジック小道具

ミステリー研究の先駆者である乱歩は、トリック分類表を作成したり、奇術書の蒐集も行なっていた。自らもマジックの小道具をそろえて戯れに楽しんだようだ。トランプや「手品の種」と書かれた奇術用の小道具を入れた箱が残っている。箱の中には、ビリヤードボールとよばれる「シカゴの四つ玉」や、ある目が出やすく仕込まれた小さな賽（サイコロ）が。

手品の種

三味線

原稿を書いていて、ちょっと行きづまった時、独りで三味線を弾くことを楽しんでいる。だから原稿締切間際に最もよく練習ができる。

——「六十の手習《てならい》」

自らを「余技のない男」といった乱歩は、六十の手習で三味線を習い始めた。隆夫人と一緒に、週に一晩三時間、名取の師匠について、稽古は二年間つづいた。長唄「勧進帳」もおさめたという。

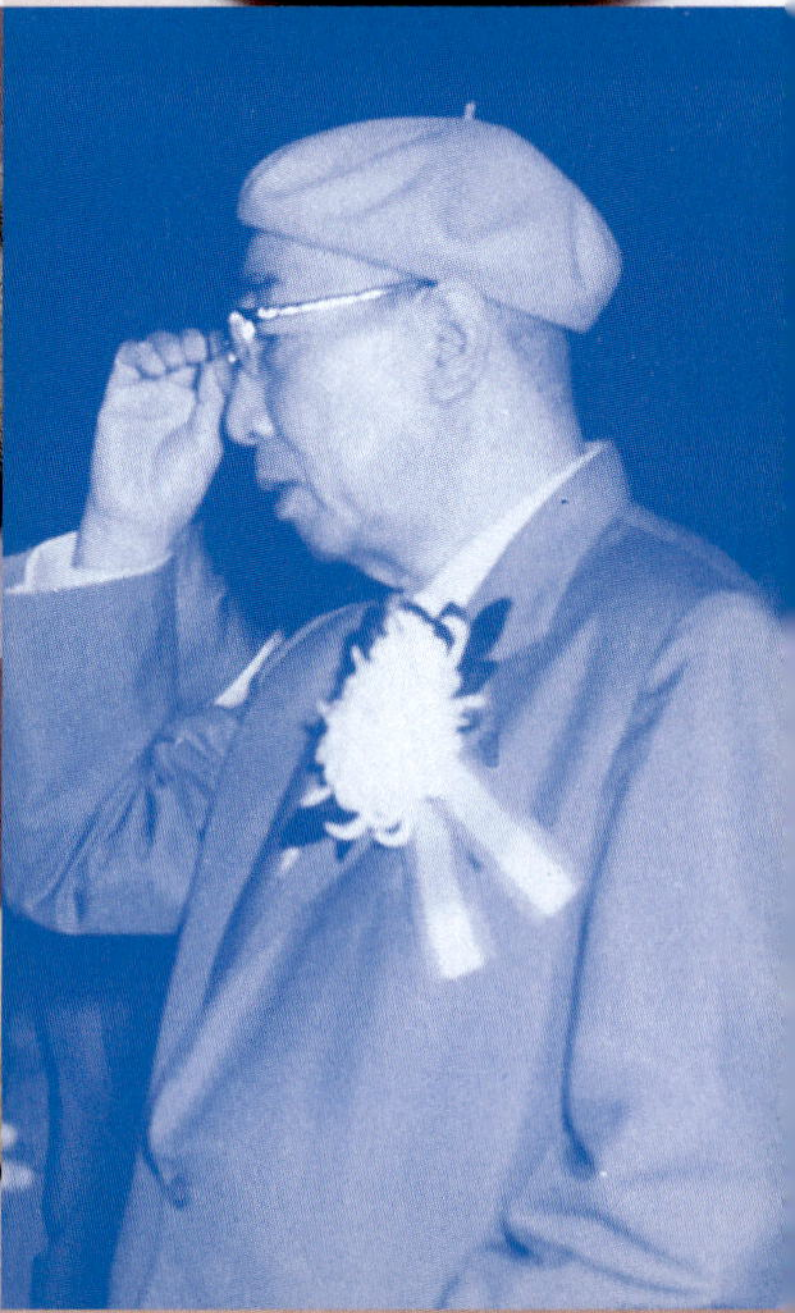

「無帽主義は、頭のはげている私には論外」（「外套と帽子」）という乱歩。ソフトもベレー帽も夏のパナマも似合わない、唯一似合ったのは少年時代の学生帽と自分の工夫で作った鳥打帽だけ、と帽子選びに難儀した様子だが、かなりの数のコレクション。頭のおしゃれにはこだわりがあった？

帽子

昭和35（1960）年、週刊誌の取材で日劇の楽屋を訪れ、踊り子たちに囲まれて。トレードマークのベレー帽、やっぱり似合ってます。写真提供＝文藝春秋

初公開！

立教大学記録資料が語るもの

人知れず、まるで「証拠品」のように、戦前からの平井家の日用品が記録されていた！ネクタイや衣服の好みまで垣間見え、乱歩の素顔が浮かび上がる！

談＝平井憲太郎・落合教幸

乱歩はどんな暮しをしていたのか。なんとなく怖いイメージがあるけれど、素顔を知りたい……。旧乱歩邸の一角にある立教大学江戸川乱歩記念大衆文化研究センターの研究室でそんな話をしている時、「こんなのがありますよ」と教えられたのが、52ページから8ページにわたって紹介する写真のデータ（残念ながら一部だけ）。見せてくれたのは、2002年3月に立教大学が旧乱歩邸を所有、管理することになった当時から資料整理作業に携わり、誰よりも旧乱歩邸で「乱歩」を身近に感じながら、15年間にわたって学術調査に努めてきた落合教幸さんだ。

データをひととおり見てびっくり。移管後すぐの乱歩邸の雑然とした「室内寸景」に始まって、帽子やネクタイ、着物や洋服、法被、国民服、ゲートル等衣類一式、カーテンや鯉のぼり、鞄、額装写真、将棋盤、置物、調度、記念品や贈答品の類い、それらを包んでいた箱や詰め物の新聞紙にいたるまで、一点一点丹念に「記録」されているのだ。ドアノブ、ゴミ箱さえも！　一つとして証拠品を漏らすまじ、という記録者の探偵趣味的な強い意思を感じる。ぜんぶで857カット。平井家の日用品の実録であると同時に、ある意味昭和史を語る貴重な資料である。なにより怪人・乱歩ならぬ人間・平井太郎の素顔が透けてみえる興味深い記録だ。

この不思議な記録に残されたモノについて——乱歩の孫で、立教大学への移管までずっと旧乱歩邸に暮らしてきた平井憲太郎さんに、落合さんと一緒にお話を伺った。

——まずはお家を移管された時のことを聞かせてください。

平井　立教大学は隣地ですし、親父（隆太郎）が立教大学の教授をずっと務めていたということもあって、前々から話はあったけれど、親父は抵抗していたみたいです。しかし親父の体力が落ちてきた頃、僕と親父とで決めたわけです。ずっと住んできた家ですから、ちょっとは寂しさはありましたけれど、引っ越してみたら、こんなに楽なことはなかった。あの家のように雨は漏らないし、鼠は走らないし、蚊も来ないし（笑）。

——え？

平井　古い家でしたから、まず雨漏りがすごかった。屋根を継ぎ接《は》ぎしているために母屋が一番漏るんですよ。雨の日はバケツを持って走り回ってました。土蔵の屋根はシンプルな造りだからでしょうか、雨漏りはしなかったので蔵書は助かりましたけれど。鼠もずいぶん走り回っていた。僕が中学生の頃からもう「共存」してましたよ（笑）。今でもいろいろ苦労されているんじゃないですか？

落合　ええ……。ハクビシンも出ました。蚊のほうは、かなり庭の木を伐ったので少なくなりました。でも、すきま風はすごいです。

平井　寒いですよ、あの家は。建物自体、祖父が亡くなる前後からずいぶん手を入れているんです。祖母にも寒さが一番いけないということで、親戚のサッシ屋さんに頼んで家の中の襖をサッシに換えたりしました。てきめんに断熱がよくなりますからね。それで中にコタツ置いて。あたたかかったですよ。嫁さんには「家の中にサッシがあるうちなんて初めて見た」と言われましたけれど。移管の際にはガラクタを置いてきた、という感じで、ある意味、厄介な物を押し付けてしまったようです（笑）。

――家屋や膨大な蔵書、資料類を引き受けた立教大学では、改修工事に向けて整理作業に入ったわけですね。

落合　そのときに事務職員が撮影したのが、あの記録データです。土蔵をリフォームする計画があって、中の物を全部出した。蔵書もいったん全部出して、図書館に入れてラベルを貼る作業をしました。それで改修後にまた戻したわけです。

平井　この記録データを見ると、大半は土蔵の中にあったものですね。

落合　土蔵の二階、和書や全集物の反対側に山積みになっていたものだと思われます。

平井　そうそう、要するに日用品ですよ。昭和32、33年に家を大々的に直して、応接室をつくったり土蔵の中もだいぶ改修したのですが、その際に家のあちこちにある物を土蔵に押し込んで、それきりにしたものでしょうね。親父の物などもずいぶん混じっていると思いますが、しかしまあ、昔の人は物持ちがいいですよね。何も捨てない。帽子の箱だって直して使っていますよね。

――帽子、多いですね。

平井　祖父は帽子好きで、とりわけベレー帽が好きでした。ボルサリーノは被っているのを見たことないですが、流行に乗って買ったのかな。

――ネクタイもたくさんお持ちだったのですね。

平井　出向くことも多かったし、祖父は着るものには割合に気を使っていたのではないでしょうか。おしゃれだったように思います。父の場合は、ほとんど母が差配してましたが。

――背広には「江戸川」と刺繍を入れています。

平井　祖父は自分のことを「江戸川」と言っていました。電話で「江戸川です」と話しているのを憶えてます。「乱歩です」とは言わなかったなあ。「平井太郎」ではふつう過ぎて誰にもわからなかったんじゃないですか（笑）。

――火鉢や灰も残っていますね。

平井　お客さんの多い家でしたから、お客さん一人に一個ずつ小型の手焙《てあぶ》りをお出しするんです。徳利と同じでたくさん必要な物。火鉢は部屋に一つ置いておいたってあたたかくならないですからね。サッシのない時代ですからねえ。

落合　手焙りは結構な数、まだ残っています。

――なんか人形は不思議なのも不気味なのもありますね。

平井　姿は二宮金次郎なのに、なぜか「浦島」と書いてある人形とかね。口を開けたり閉じたりする琵琶法師のオバケ人形もあります。子どもの頃よく遊びましたよ。

落合　乱歩邸は今でも何か出てきます。階段下の物置は、去年初めて開けました……。全然使ってない重箱が昭和一桁の日付の新聞紙に包まれて出てきたり、玄関の照明のスペアが出てきたり。

平井　あのガラスボール、取り替えがとても大変なんです！　白熱電球なのですぐ切れる。

落合　『貼雑年譜』用の何も貼ってないスクラップブックとか……。

平井　変形サイズだから、ロットでつくって余った分でしょうねえ。

落合　血圧表まで出てきました。でももうだいたいのところは終了したと思います。

平井　天井裏までは、さすがにもうないと思いますけどね（笑）。

カーキ國民服
黒ラシャ 釣鐘マント
昭和26年1月3日
丹前四枚
麻服類 夏チョッ
HIGH CLASS
TAILOR

平井
一年D組
平井隆太郎

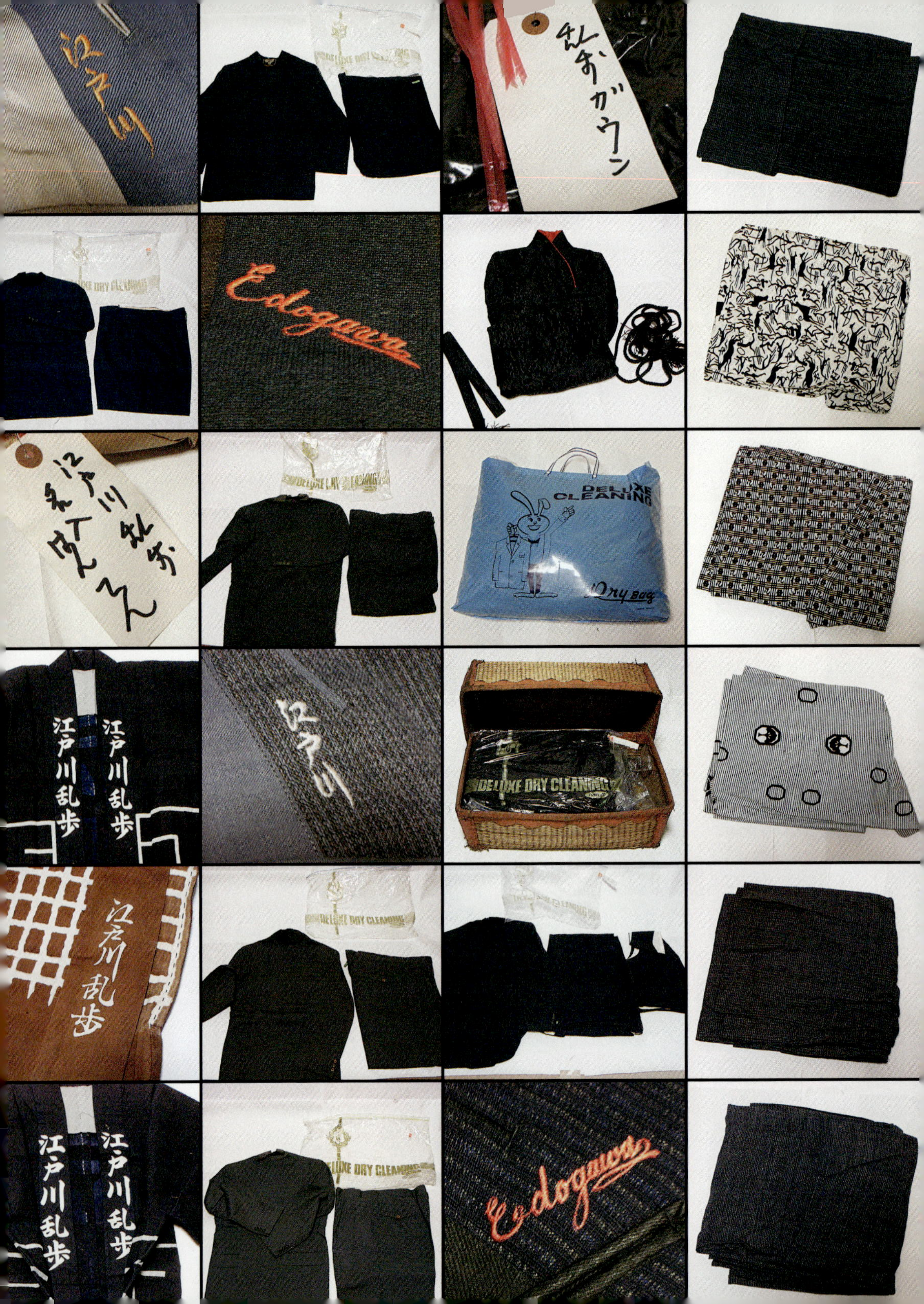
江戸川
乱歩ガウン
DELUXE DRY CLEANING
Edogawa
DELUXE CLEANING
Dry bag
江戸川乱歩
江戸川乱歩
江戸川
DELUXE DRY CLEANING
江戸川乱歩
DELUXE DRY CLEANING
江戸川乱歩
江戸川乱歩
DELUXE DRY CLEANING
Edogawa

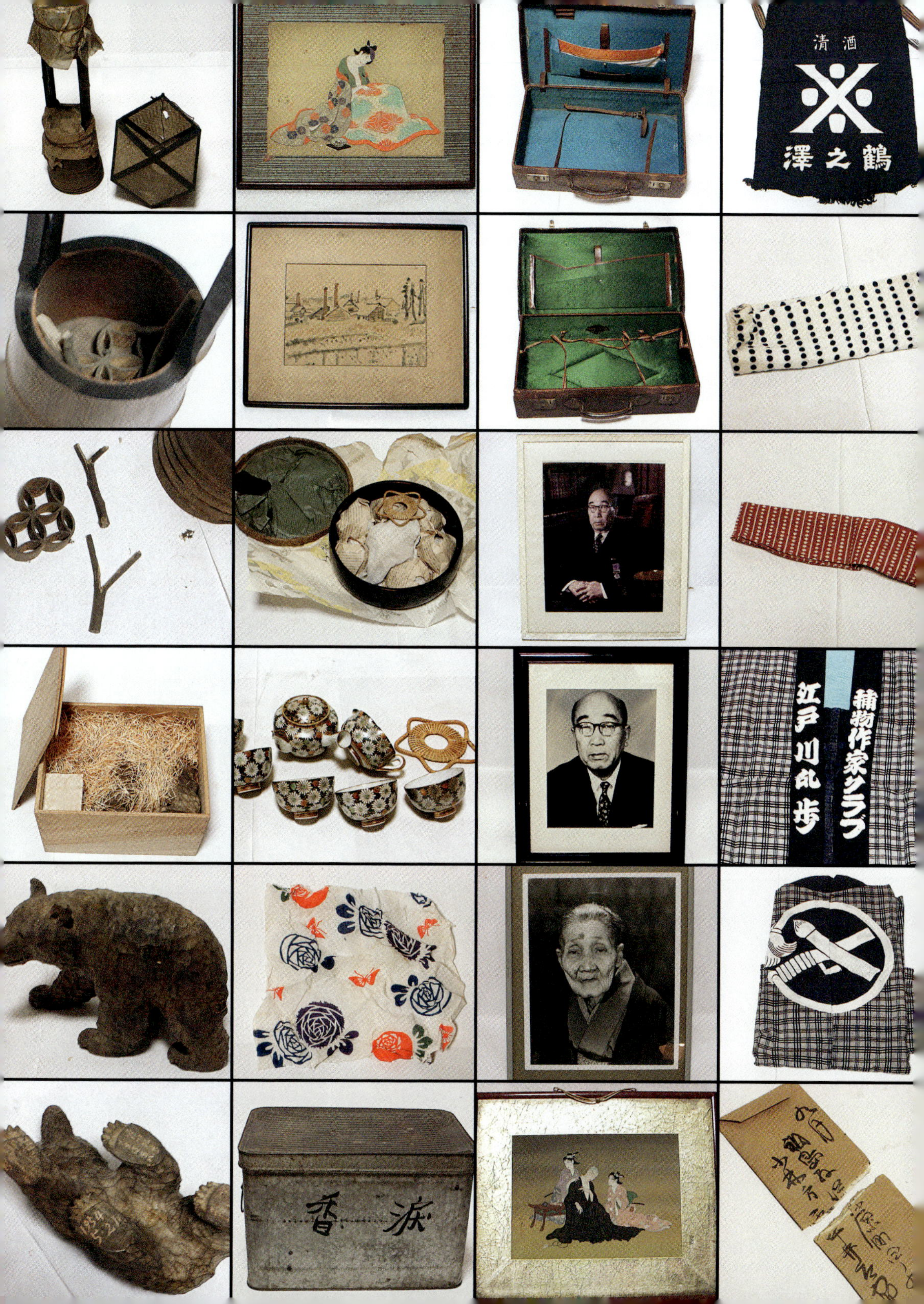
清酒
澤之鶴
捕物作家クラブ
江戸川乱歩
香 涙

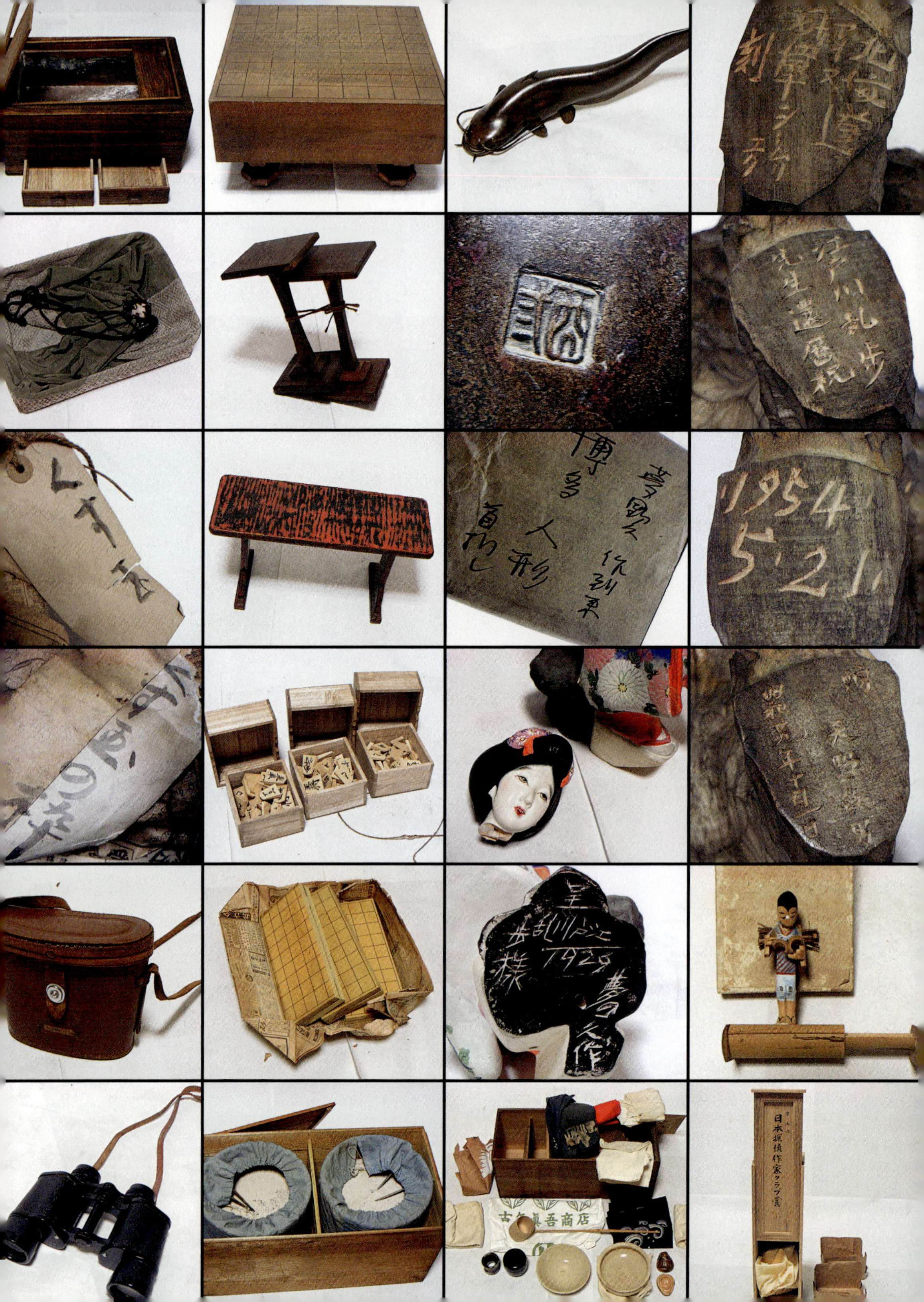
1954
5.21
日本探偵作家クラブ賞

エウローペー

写真機のこと――同類嫌悪？

本多正一

〈その以前にも、望遠鏡とか、写真機とか、幻燈機などが好きで、よく弄んではいたのだけれど、レンズというものの恐怖と魅力とを身にしみて感じたのは、その時が初めてであった〉（「レンズ嗜好症」）

江戸川乱歩が光学器械を偏愛し、作品内で重要な小道具としていることは周知のとおりである。「鏡地獄」では鏡、「湖畔亭事件」では潜望鏡、「押絵と旅する男」では遠眼鏡。まるで鏡やレンズは異界へ誘惑するメフィストフェレスかと思われるほど、不可思議千万にして魅力ある「魔性の器械」（「押絵と旅する男」）として登場する。

だが、乱歩はレンズや光学器械を自らの夢想を実現させる小道具として偏愛しながら、なぜか探偵小説が誕生したのとほぼ同時期に発明された、もうひとつの光学器械に作品で重要な役割を担わせることを避けた――写真機である。

カメラの由来である「カメラ・オブスキュラ」の「カメラ」（ラテン語でcamera）は「小さな部屋」、「オブスキュラ」（ラテン語でobscura）は「暗い」、すなわち「暗箱」ないし「暗室」といった意味で、そこから転じて、現在の日本語でのカメラを意味するようになった。

一八四一年、エドガー・アラン・ポーの「モルグ街の殺人」によって、近代探偵小説の歴史は始まるが、そこからさかのぼることわずか十五年、世界最初の写真は、一八二六年にジョゼフ・ニセフォール・ニエプスによって撮影された。日本に写真機が伝えられたのは一八四八年、長崎の蘭学者・上野俊之丞が輸入している。坂本龍馬の写真を撮影した上野彦馬の父である。

当時の迷信を聞いたことがあるだろうか。「写真を撮ると魂を抜かれる」「三人並んで写真を撮ると真ん中の人が早死にをする」「写真に写ると手が大きくなる」等々。そうした風聞のあった素材を乱歩は作品に活かすことはなかった。

「レンズ嗜好症」のなかで乱歩は針穴写真機の原理によってさかさに映った景色を楽しんだ少年期を追想している。しかしほかのエッセイでも写真機についての言及はほとんどない。昭和初期に乱歩が購入した遺品のブローニー判コダックは主に子息の愛機であったし、ライカⅢCも戦後に海野十三《うんのじゅうざ》より贈られたものだという（80〜81頁）。

「父は現像から焼付まで自前でやっていた」（『乱歩の軌跡』）と記憶する平井隆太郎だが、「父の叔父が写真屋に奉公してましたから、それで写真のいろんな知識も持っていたようです。でも、なぜか父が写したスチール写真はまったく残っていません」（『うつし世の乱歩』所収「回想の江戸川乱歩」）と述べている。本書で公開された八冊のアルバム帖が残っているばかりのようなのだ（72〜79頁）。

　乱歩は凝り性である。その気質からおそらく写真機にもたいへんな関心を抱き、相当な勉強もしたはずである。だがその瞬時を静止させフィルムに定着させるメカニズムに、己の作家としてのまなざしと似たものを感得したのではなかったか。

「白昼夢」では、アンリ・カルティエ＝ブレッソンの〝決定的瞬間〟と同じような台詞を残している。

「……俺は今だと思った。この好もしい姿を永久に俺のものにして了うのは今だと思った」

乱歩愛用の双眼鏡。

　乱歩の好みがムービー、動画であったこともあるのかもしれないが、明智小五郎は最後の本格長篇でこんな指摘をおこなっている。

〈あなたは、幼いときに、それを見たのだ。或いは本で読んだのだ。そして、カマキリが、あなたの同類だということが、だんだんわかって来た。わかるにつれて、極度の嫌悪を感じた。嫌悪が恐怖に変って行った〉　（「化人幻戯《けにんげんぎ》」）

「押絵と旅する男」が写真機のメカニズムをモチーフに変奏した作品といえるだろうか。

　魚津の蜃気楼という大気のレンズ仕掛けを背景に、覗きからくりのレンズによって押絵細工の八百屋お七を見初める古風な恋物語である。遠眼鏡をさかさにしてのぞきこまれた男は、レンズの魔力を借りて平面（押絵）の世界へ忍び込む。だが男はタブーを犯した哀しさで次第に齢をとり（写真は時間が静止するのに！）老人となっていくのである……。

乱歩が愛した小抽斗の宇宙

書斎の手の届く場所に置いた小さな抽斗には、
乱歩の「うつし世」に無くてはならぬ道具が整然と詰まっていた……。

本多正一

〈彼の祖父が老後の写経などの折、身辺を離さなかった抽斗の多い桐の小箪笥は、その頃はもう真黒になって、彼の持物となっていたが、小箪笥の上部に小さな開き戸の部分があって、彼はその中を、一番大切なものを入れる場所、謂わば神聖なる場所と心に定めていた〉（「彼」）

このたび公開された小抽斗は自伝「彼」で回想されたものとは外観からして異なり、一見地味な全五段の道具棚である。

よく指摘されるように江戸川乱歩には空想型と実務型のふたつの性格があったようだ。おそらくこの小抽斗は執筆や細かな手作業をおこなうとき常にかたわらにあり、いわばうつし世の雑事をこなすための実用の道具棚であったと考えられる。

しかしながらひとつひとつの棚を取り出し仔細に眺めてみると、明治という時代に生まれ、長子であった乱歩すなわち本名・平井太郎が、生涯手離すことのできなかった愛用の品々であったところも推量されてくる。

これまで眼鏡、万年筆など一部は紹介されたことがあるが、小抽斗全体像の紹介は初めてのこととなる。

★一段目

落款、蔵書印、検印各種と住所印、名刺二種などが納められている。「祝　還暦　江戸川乱歩先生」と朱彫りされた煙草の吸い口、「THE PAPER FASTENER／TORAYA」と容器に記された円柱形の紙止めも見える。懐中時計のケースもある。

印箱と記された箱には大小さまざまな八種の落款や蔵書印、検印などが保管されている。

「一般的に知られている乱歩の蔵書印は『乱』一文字のものだが、展示した『傾城《けいせい》手管《てくだ》三味線《じゃみせん》』（紀海音《きのかいおん》著）に押されている

ような『乱歩蔵』（朱色、タテ3・3×ヨコ1・4センチメートル、単枠、四角形）というものもある。しかし、乱歩がこの二印をどのように使い分けたのかは不明である」（丹羽みさと「蔵書印と蔵書印主」江戸川乱歩旧蔵江戸文学作品展図録）

この時点で乱歩旧蔵近世資料の調査は終了しており、近世資料にはこの二種と定めていたようだ。なおそれぞれに乱歩手製の紙製のふたがあり、ゴム印の「亂」「亂歩藏」もある。

「岩つゝじ文庫」「Iwatsutsuji」の二つのゴム印も眼を惹く。江戸前期の歌人、俳人、国学者の北村季吟による『岩つつじ』からであろう。季吟は松尾芭蕉の俳諧の師匠として知られるが、延宝四年に刊行した『岩つつじ』は、それまでの歌集、物語などから衆道に関する文献を摘録、編纂した同性愛文献書の先駆的な一冊である。『貼雑年譜』昭和十年度に「コノ年造ラセタ蔵書印、但し使用セズ」とある。

住所印は「江戸川亂歩」で縦五種（一種は住所のみ）、横一種が残されている。本名・平井太郎も二種ある。

名刺は肩書きなしの「江戸川亂歩」、それから「社団法人日本推理作家協会　理事長」としての二種が残されている。

★二段目

奥まったところに横向きにひとつ、手前右に寄せてひとつ空き箱を入れ、区分けをしている。一番右のへりに竹製二本、プラスチック製一本の定規を納めている。

奥の箱には、丸包丁二種、ホッチキスと針箱、マイナスドライバー二本、かしめ用ピン四本、ペーパーナイフ二本、和鋏一挺、小型鋏三挺、V字型に開く矢立て、小型ルーペ。

手前の箱には、鋏の革ケース、桐の箱にはいったペーパーナイフ、小型やっとこ、革抜きポンチ、製図用コンパスと烏口、複写用ペン、赤青鉛筆、鉛筆三本、オノト製万年筆。

手前左の空間には、小型の木箱の中に墨や硯、眼鏡ケース、シーマー製ボールペン、拡大鏡。

丸包丁は障子などの紙や布を切るための道具である。二本の刃の部分には自家製のカバーがかけてある。推測だが、カラフルな模様がなんとも可愛らしく、おそらく乱歩母堂の手になるものではないだろうか。

戦時中に『貼雑年譜』製作を思いたったのは、慰みと備忘のため、家族、子孫のためであるが、母きくの帯地を表紙としており、この丸包丁はそのための道具と思われる。

乱歩は『貼雑年譜』製作のほかにも蒐集した古典籍の帙《ちつ》をはじめ、多くの細かな手作業をこなしている。この段には主としてそのための道具を納めてあったようだ。鋏、小型やっとこ、革抜きポンチ、製図用コンパス、烏口、かしめ用ピンなど、いずれもそうした作業に必要な道具類として立ちあらわれてくる。

複写用ペンは投函する手紙の控えをカーボン紙で残すためのものであろう。

★三段目

五玉の算盤、ペーパーナイフ三種、ペン皿三種、鉛筆三本、ルーペ、黒と朱の墨、硯が納められている。

小さな黄金色の巾着袋があったので、開いてみたところ、「江戸川乱歩　御守」と記された包みが出てきた。式内黒嶋神社御守、鶴岡八幡宮、肥後本妙寺など、各地を参拝したときの御守がひとつ袋に納められている。

★四段目

まなざしによって外界と接するための器具、すなわち眼鏡の収納棚である。「メガネ」と自筆の赤鉛筆で書かれた荷札が目立つ。

戦前から晩年にいたるものまで、デザインも状態もさまざまの十四本の眼鏡が保管されている。修復不能と見えながら捨てられなかったものもあるようだ。うかつにものを処分することができなかった明治の男の姿が浮ぶ。パイプが一本まぎれこんでいる。

★五段目

市販の「小倉百人一首」二種と花札二種が納められている。

別に父方の祖母・平井和佐と父・繁男の合作の手製の百人一首が残っており、現在、立教大学図書館に収蔵されているが、もともとここに納めてあったものではないだろうか。こうした手業が習慣となっていた平井家の跡取りが、後年『貼雑年譜』製作を思い立つのも当然である。

花札には使用した傷がある。「夜は夜で、友人を集めて花合せをしたり、楽しそうであった」（平井隆太郎『うつし世の乱歩』所収「父・乱歩の憶い出」）。

「雑誌記者O・B会名簿（昭和三十八年十一月末日現在）」があるが最晩年に送られたためだろう。

驚いたのは太平洋戦争中に配られたものか「動員袋」という茶色い布袋がこの抽斗の最下段に保管されていたことである。なかには小冊子「動員袋に就て／帝国在郷軍人会靭文会」がはいっている。目次を写す。一、支部長訓示　一、分会長通達　一、動員袋通達　一、動員袋取扱方　一、動員袋内容入組品目　一、応召に際し処置すべき要件書　一、遺言書　一、内容品一覧表

遺言書は三ページあったが、空白でなにも記されていない。

篋底《きょうてい》には子息・隆太郎が納めたものだろう、乱歩葬儀の際の「御会葬御礼　平井家」があった。

＊

〈父は手先が器用だった。というよりは何よりも細かい作業が好きだった。重要な書籍の補修や装丁はほとんど自前でやってしまうのが普通だったし、和書もボール紙で箱を作っては納めるのである。したがって作業用の小道具はいつも整理して抽き出しに入れてあった。戦前は障子の張り替えなども父の年中行事になっていた。一家の主人たるものの仕事だから他人任せではいけない、女性では紙がピンとしないなどが父の理屈だった。但し障子を洗うのは女性の仕事である。貼り上がった障子紙の端に製図用の定規をあてて楽しそうに刺身庖丁で切り揃えていた姿が今でも目に浮ぶ。とにかく器用でマメだった。連載原稿の締切直前が特にそうであったとは家人の陰口である〉（同前書所収「漫画オタクだった乱歩」）

かつて荒俣宏が指摘したように、乱歩邸の土蔵が「頭蓋骨に覆われた乱歩の大脳そのもの」であったとするなら、この小抽斗こそ、乱歩の夢想と意思を具現化するための、眼であり手であり指先ではなかったろうか。現実との結節点そのものではなかっただろうか。

そう考えてみると、散文的な道具棚である小抽斗の一段一段が、「よるの夢」を「うつし世のまこと」に変えた幻影の城主の秘蔵のコレクションであったようにも眺められてくる。

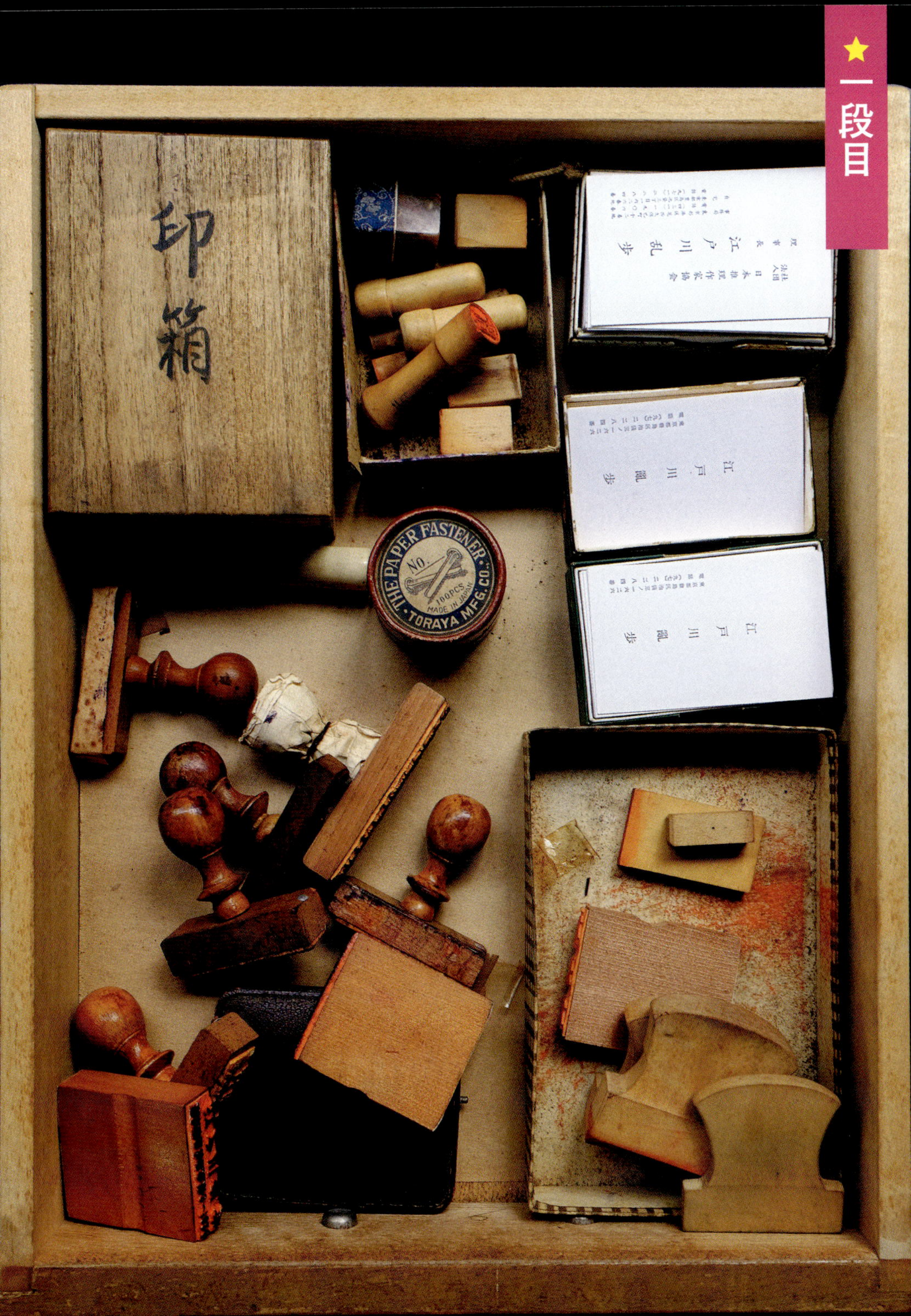
印箱
THE PAPER FASTENER
No.
100PCS
MADE IN JAPAN
TORAYA MFG. CO.
社団法人 日本推理作家協会
理事長
江戸川乱歩
江戸川亂歩
江戸川亂歩

FUJIYA
ジーマー
永く使える レミントン タイプ用

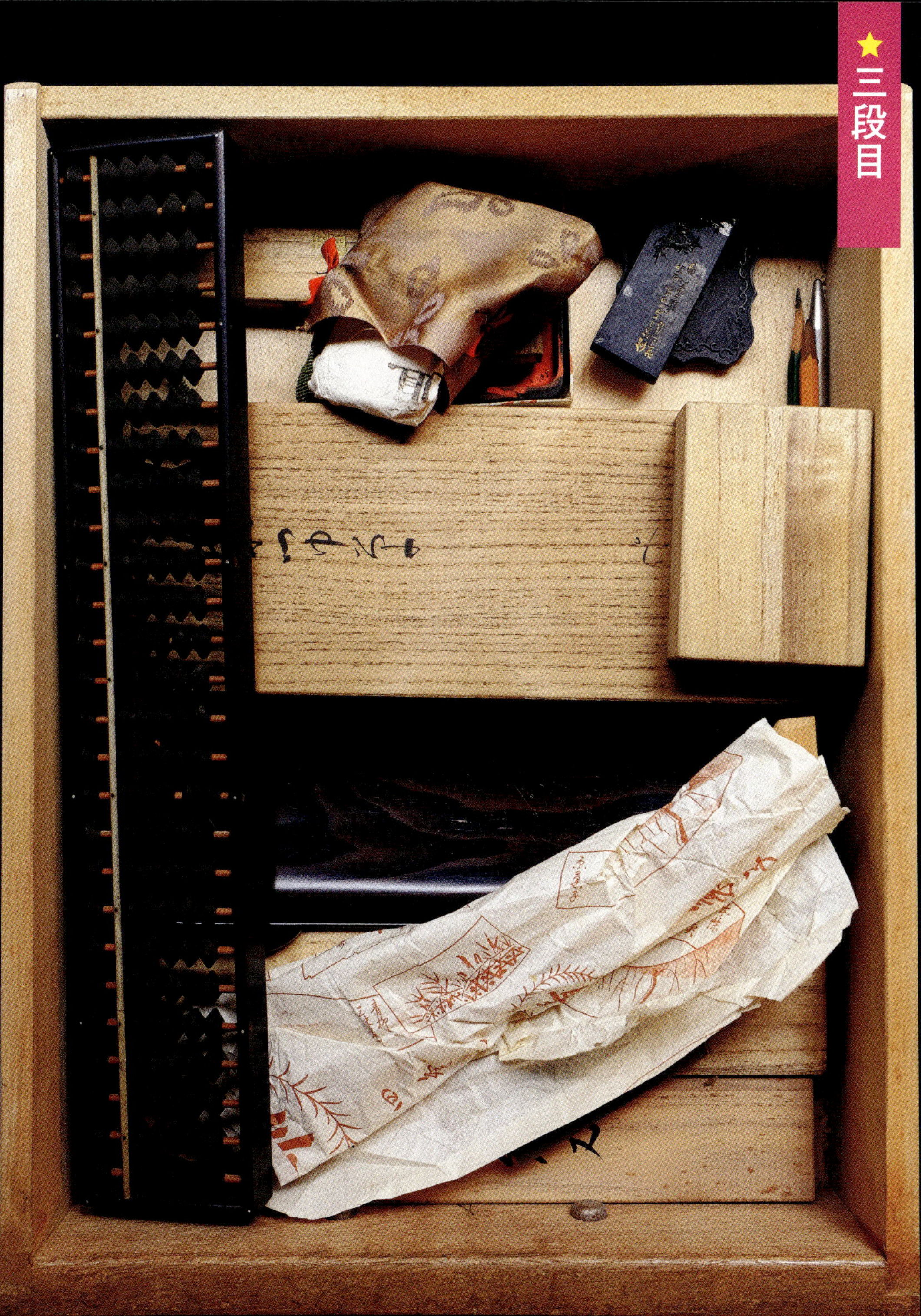

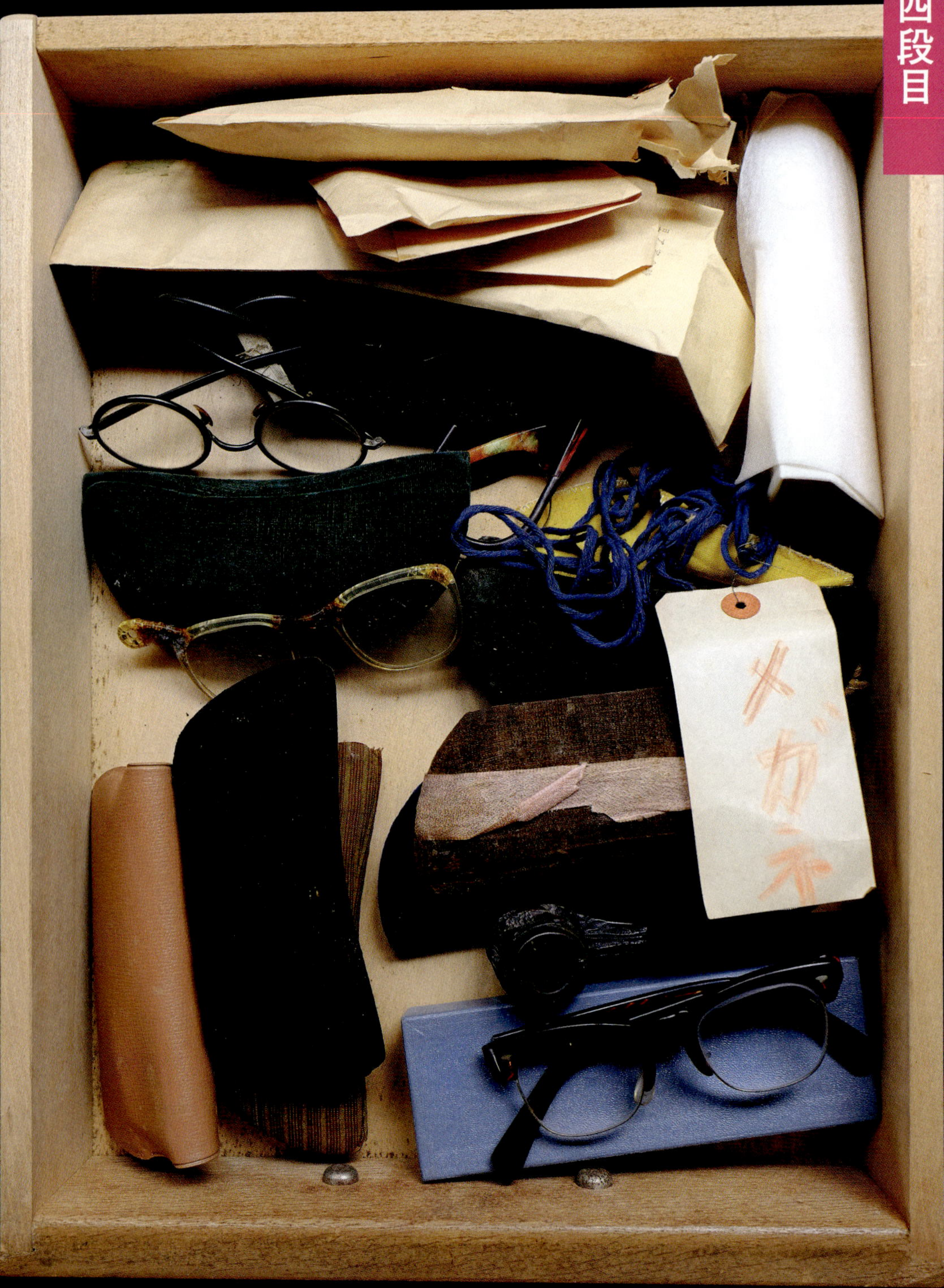
メガネ

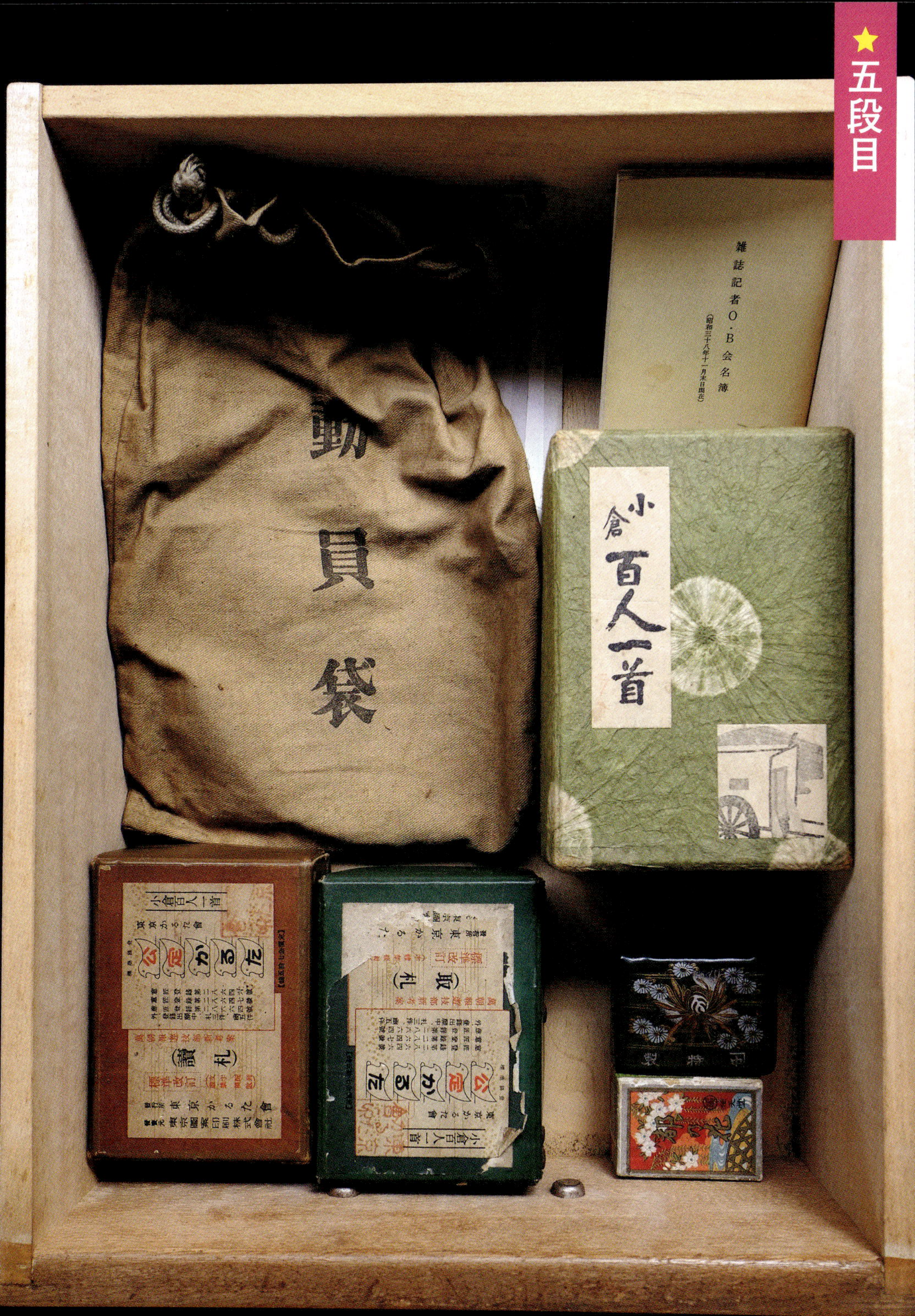
雑誌記者O・B会名簿
動員袋
小倉百人一首
公定かるた
讀札
取札

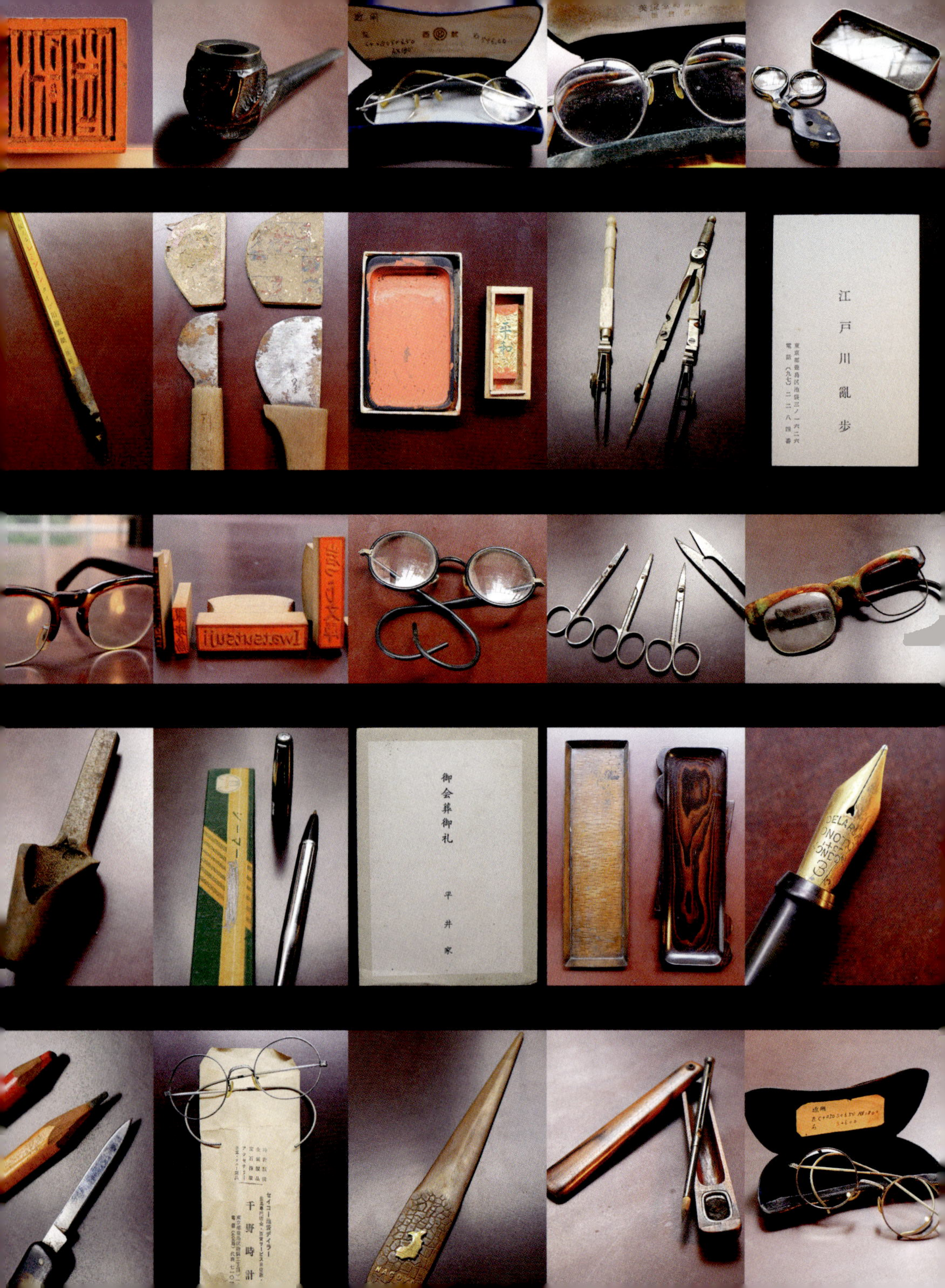
江戸川亂歩
東京都豊島区池袋三ノ一六二六
電話（九七）二二八四番
平和
御会葬御礼
平井家
千野時計

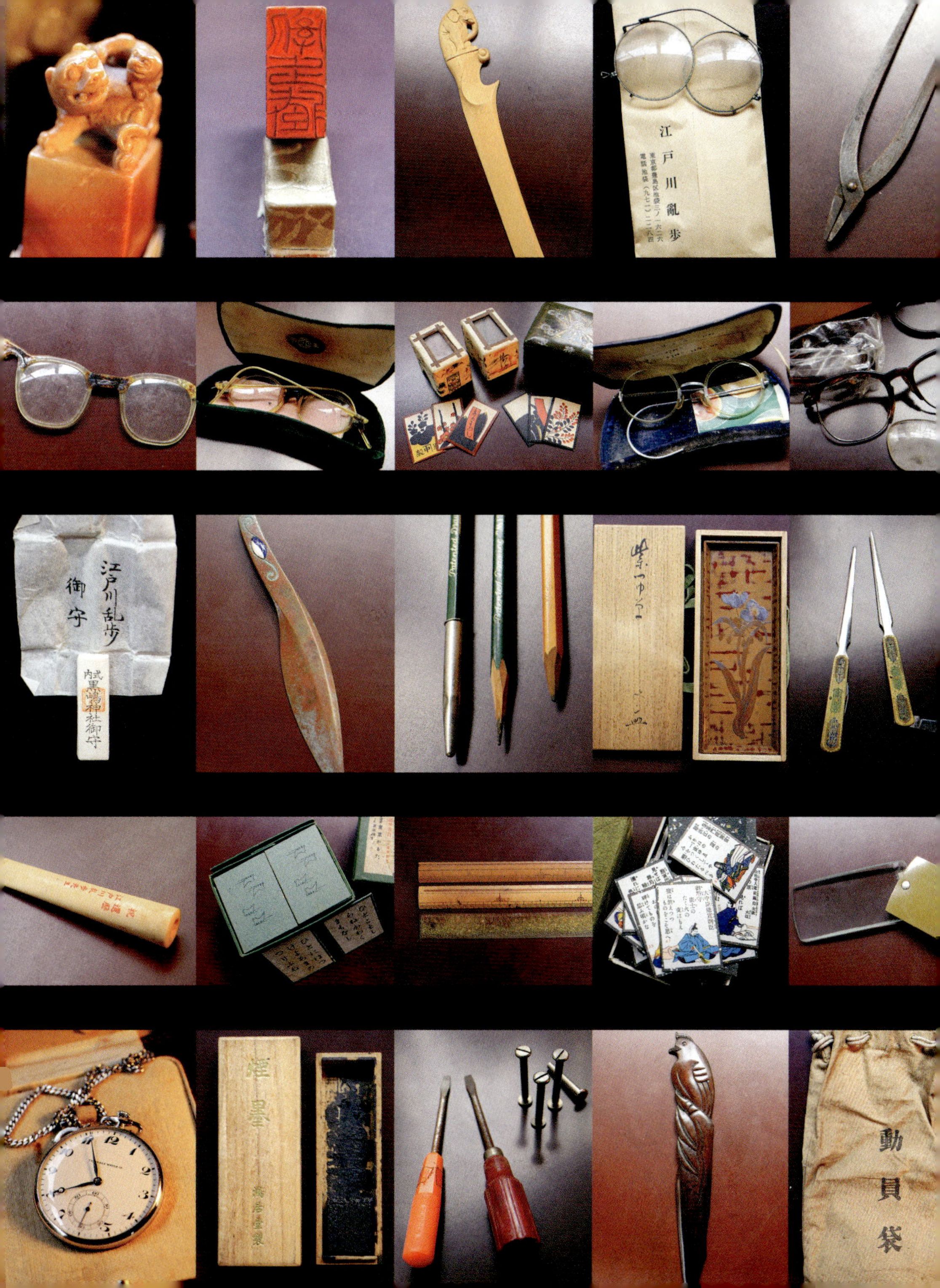
江戸川亂歩
東京都豊島区池袋三ノ一六二六
電話池袋（九七一）二二六四
江戸川乱歩
御守
動員袋

秘蔵アルバム帖拝見

平井憲太郎さんの手許には、祖父乱歩から父隆太郎を経て遺された、数冊のアルバム帖がある。それは単なる写真アルバムではなく、あきらかに乱歩が、ある「意思」をもって編集した、「本」と呼ぶべきものなのであった。

なんと！　秘蔵アルバムのなかには、家族の記録に並んで、こんなうら若き女性のヌード写真が……！「筑土八幡時代　向への娘」とある。芸術写真を試みたのであろうか。

今回拝見したアルバムは、B4判およびA4判、B5判の計八冊。表紙はいずれも瀟洒な革張りやクロス装で、中の台紙は黒地の厚紙。旅行中のスナップ写真を貼り付けた一冊、おそらく記念に送られてきた他家の女学生の写真がいくつかある空ページの多い一冊のほかは、乱歩自身および平井家の歴史を時代順に「編集」したアルバムになっている。時代ごとに選んだ写真を配置して、朱墨で見出しやキャプションを入れている。美しいデザイン、レイアウトをめざしたのだろう、ときにはハサミで切って形をかわいらしくアレンジして、ページを構成している。

明治、大正、戦前戦後の昭和という当時は、そうそう誰もが簡単に写真を撮れるわけではないし、写真はとても貴重なものである。貴重な一枚だからこそ、乱歩はより効果的に活かそうとしたのだろうか。楽しみながら編集するとともに、見られることを意識したと思われる。乱歩はビジュアル版『貼雑年譜』を製作したかったのではないだろうか。平井憲太郎さんに話を訊く。

平井　これらのアルバムは、たぶん『貼雑年譜』をつくった戦時下に手掛けたのだと思います。著作の出版が禁じられた当時、時間はあったろうし、何かやっていないと辛かったのでしょう。なにより「記録する」ことが好きだったのでしょうね。『貼雑年譜』にしても、度重なる引っ越しの中、資料類をずっと持ち歩いていたからできたものです。「記録者」として自分を客観的に見る、という意思の強さを感じます。

――平井家の歴史を丹念に追って編集されていますが、そういう「家」への思い入れというのが強かったのでしょうか。

平井　明治の男ですし、家長意識は強かったと思います。とくに平井家は祖父の祖父の時代、平井杢《もく》右衛《え》門《もん》から分家になっているので、手の届くところで大本まで辿れて記録できる。昭和20年代終わりには平井家と縁の深い冷川《ひえかわ》御《ご》前《ぜん》を調べに伊豆の山奥まで訪ねて、現地の寺に残っていた古文書を乾板写真に残しているくらいですから、自分のルーツへの執着心は相当あるのでしょうね。

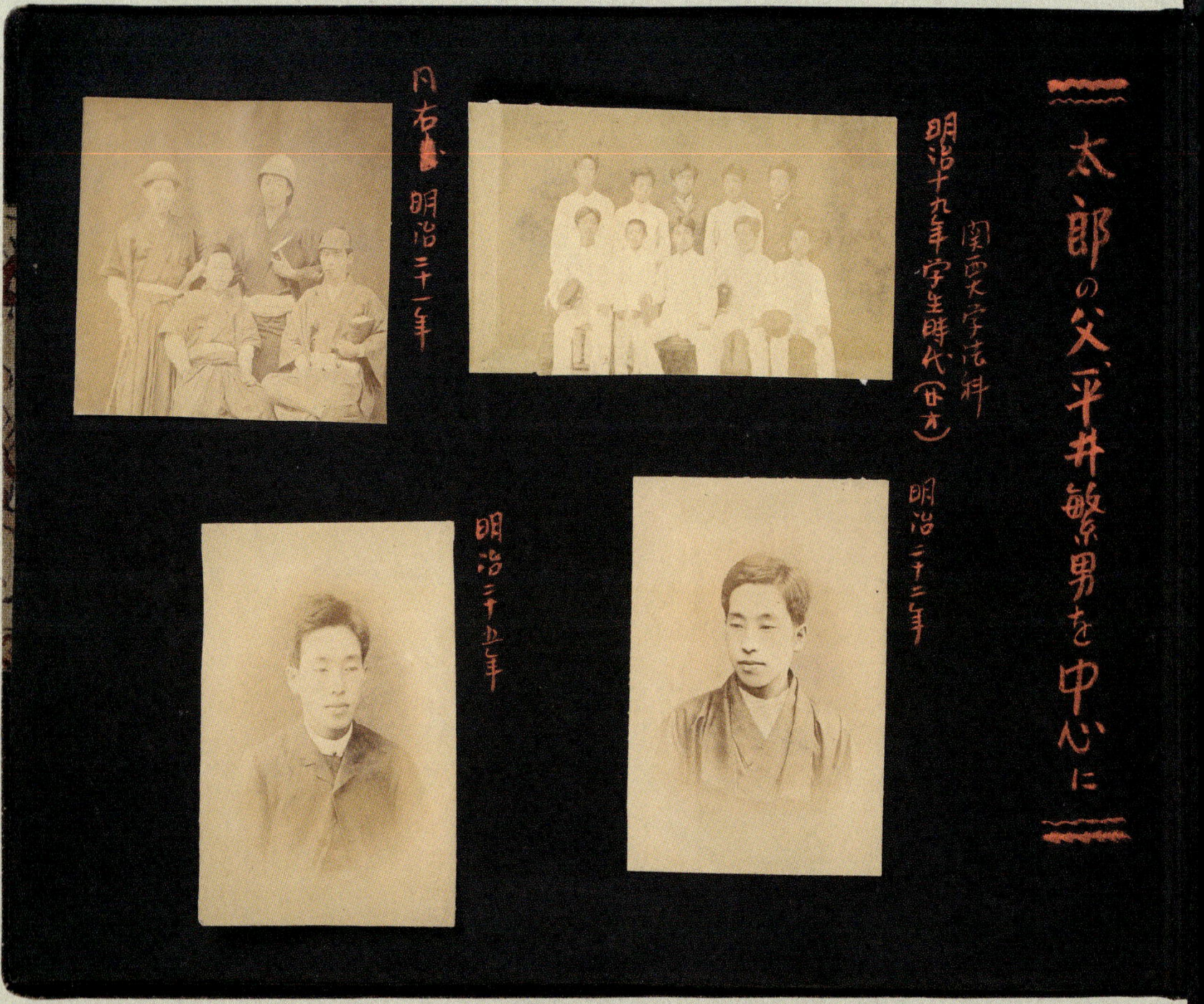

「平井家の人々」の記録は、まず「太郎の父、平井繁男を中心に」で始まる。父の若き日から年代順に写真を整然と貼りこみ、説明を施したページが10ページ続く。次に「太郎の母、菊を中心に」。これも同様に母の娘時代から8ページ。続いては「太郎の兄弟と親族」が13ページ。親戚一家の結婚からその子どもたちまでしっかり記録。

――平井家の歴史を作っていくんだ、という意思をアルバムに感じます。

平井　どうみてもいわゆる家族のスナップアルバムではないですよね（笑）。あのときは楽しかったよねー、といって眺めるためのものではない。写真を系統的に残していますね。アルバムをつくるにあたっては、編集上、余分な写真はかなり落として、処分しているはずです。

――「父を中心に」「母を中心に」「兄弟と親族」などと続く平井家の歴史がまじめなページ構成で続く一方、なぜか「向への娘」なんて見出しを付けたヌード写真が出てきてびっくりしました。

平井　ちょっと芸術に憧れてた部分もあるのかもしれません（笑）。こうしてきちっと貼って残しているのですから、子や孫にも「見てほしい」ってことでしょうね（笑）。謎ですよね。

女学生の写真が貼ってあるのもありますが、知り合いの方から娘の写真が送られてくると、まあ嬉しかったのでしょう。その成長ぶりに目を細めて、大事に残したかったのだと

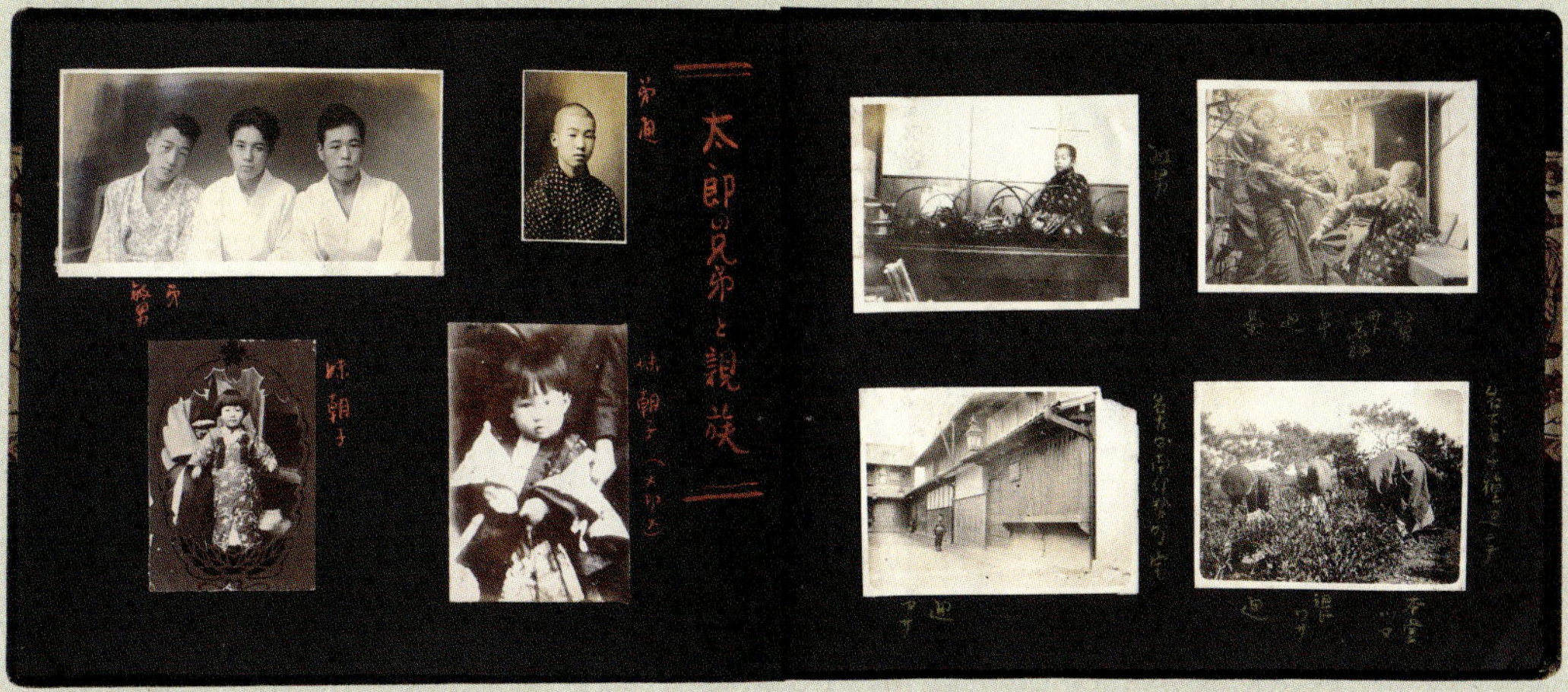

思います。横溝正史さんの娘さんの写真もありますね。昔は写真は貴重でしたし、おかげさまで元気です、という意味合いで写真を差し上げる、というものだったのではないでしょうか。

――長男隆太郎さんの写真もとても多いですね。

平井　親父（隆太郎）のことは可愛かったみたいです。ひとりっ子ですし。本人が40をとうに過ぎてるのに、「隆太郎はいつ教授になった?」と母に聞いたくらいですからね。

――乱歩自身の写真も、庭の椅子に座っている写真とか、同じようなものが何枚も貼ってあります。

平井　気に入っていたのでしょう。写真にサインまでしちゃうくらいですからね（笑）。

――やっぱりご自身への愛着といいますか、自己愛的な面が強かったのでしょうか。

平井　それは強いでしょう。なんていっても自分の記録のためですもの。家族のためとか平井家の歴史のためとか書いてあっても、それはおためごかしですよね（笑）。神の視点、

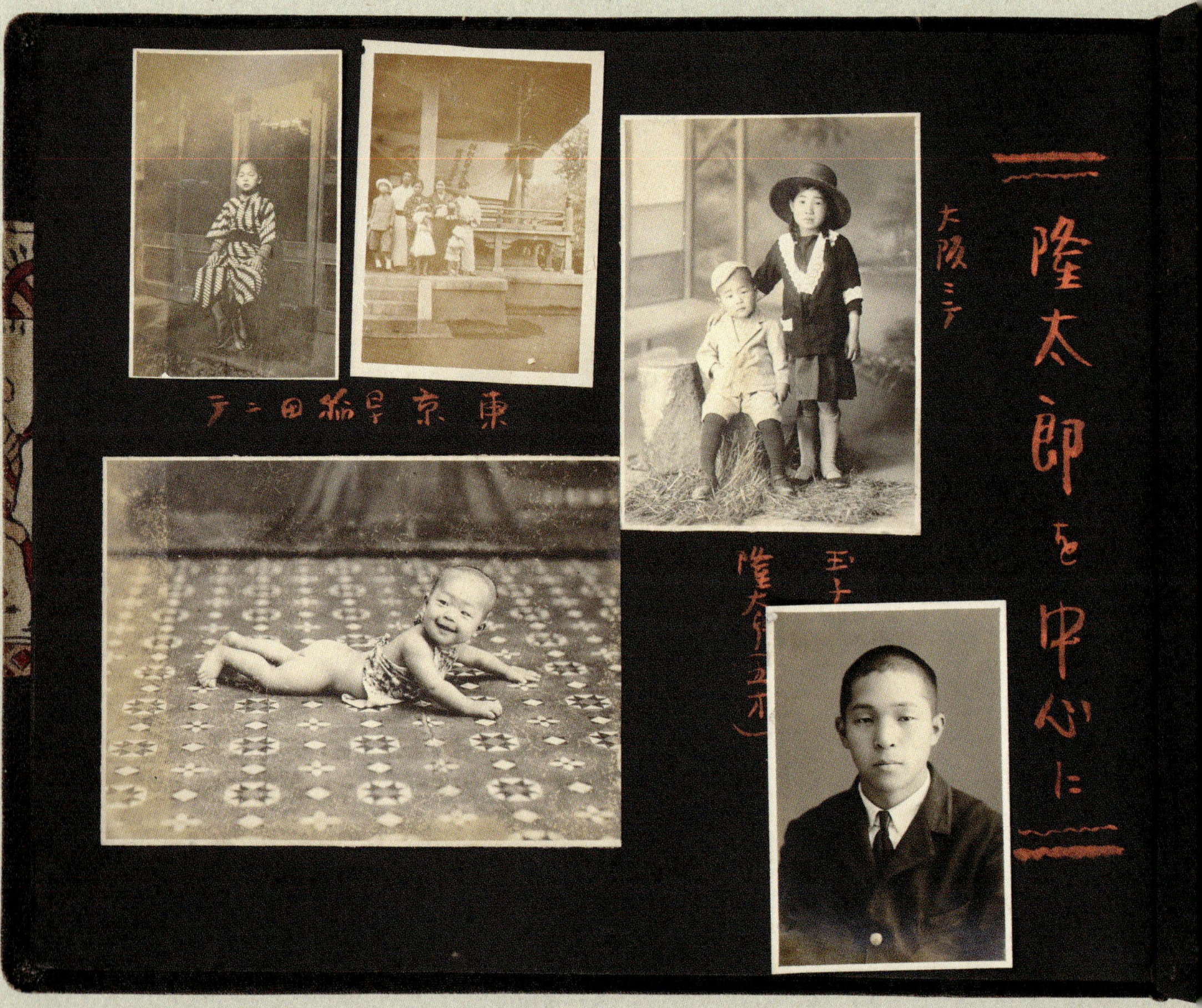

愛する長男「隆太郎を中心に」は、とりわけ充実させた13ページ。成長していく隆太郎の少年時代の姿が、妻・隆や年の離れた妹・玉子（たま）らとともに写した写真で構成されている。

じゃないですけれど、平井家の歴史を俯瞰して、そうか、俺はここにいるんだ、みたいなね。

——整理整頓もお好きですよね。

平井　そうですね。多分、順番通りに並べるだけでもすごく嬉しいんですよ。きれいに並んだときの喜びはすごくあったんじゃないかな。

祖父は実用主義ですから、きれいなものを集めたい、という欲求はあったでしょうけれども、ボロボロでも珍しければいいっていうものではなかったんでしょうね。本にしても、初版本だからいいとか古いからいいとかではなくて、読めればいい、という。和書でもきれいなものを選んだという傾向が強いです。本好きって、その「姿」に感動するところがあるでしょう？　稀少ならばいいっていうものではないですね。

——一冊、旅のスナップばかり貼ったアルバムがあります。

平井　これは家族の写真がほとんどで、いわゆるスナップですね。こういうのが普通の家にあるアルバムなんでしょうね。祖父はふだんあまり家にいないものだから、家族サービ

これはお遊びか。昭和7年夏、隆太郎とふざけあって写したもの。

スに努めていたんだと思います（笑）。

祖父はムービーの方は戦前から大好きだったのですが、親父によれば、祖父が撮影した写真はほとんどない、ということです。しかしこの旅先の写真は、祖父が自分で撮ったものだと思います。縦位置（縦長で撮影した写真）が多いので、コダックブローニーでしょう。縦方向にパカッと開いて構えるので縦位置の方が撮りやすいんです。距離計もついてないので、目見当で撮影するカメラです。露出を適当にしても、白黒ならだいたい写りますよ。

――メカは大好きだったのでしょうね。

平井　大好きでしたね。新しいものが好きだった。タイプライターも早いうちから使っていたし、かなり昔からあやしいコピー機なんてのもありましたよ。祖父がまだ元気なころ買ってきたもので、反射原稿も一応複写できた。「コピーしたい」という欲求があったんだと思います。コピーがとれたら、資料集めも記録もかなり楽になりますからね。人に貸したりするためにアルバムから写真

角を丸く切ったり、トリミングしたり。レイアウトを考えて楽しみながらアルバム製作。

を剥がさなくてはならなくて、返却されないままになってしまったりしていますが、複製できさえすれば、本当は一枚しかない写真を剥がしたくなかったはずです。

接写リングが付いている、ライカの複写セットも持っていました。ただ複写は照明が一番難しいので、ほとんど使った形跡はないですけれどもね。買ってくるんですから、やりたかったのでしょう。

――この八冊以外に、乱歩編集のアルバムはあるのでしょうか？

平井　おそらくこれだけだと思います。この後の時代は僕が登場する家族アルバムだけですから。父はおそらく、これらのアルバムから、乱歩のことで求められて必要な写真を剥がして貸したり、複写したりして使ってていたんじゃないかな。しょっちゅう手許に置いていました。でも、父にとっては、話には聞いていても、明治時代からの写真などよくわからないものだったでしょうし、そんなに面白いものではなかったんじゃないかと思います（笑）。

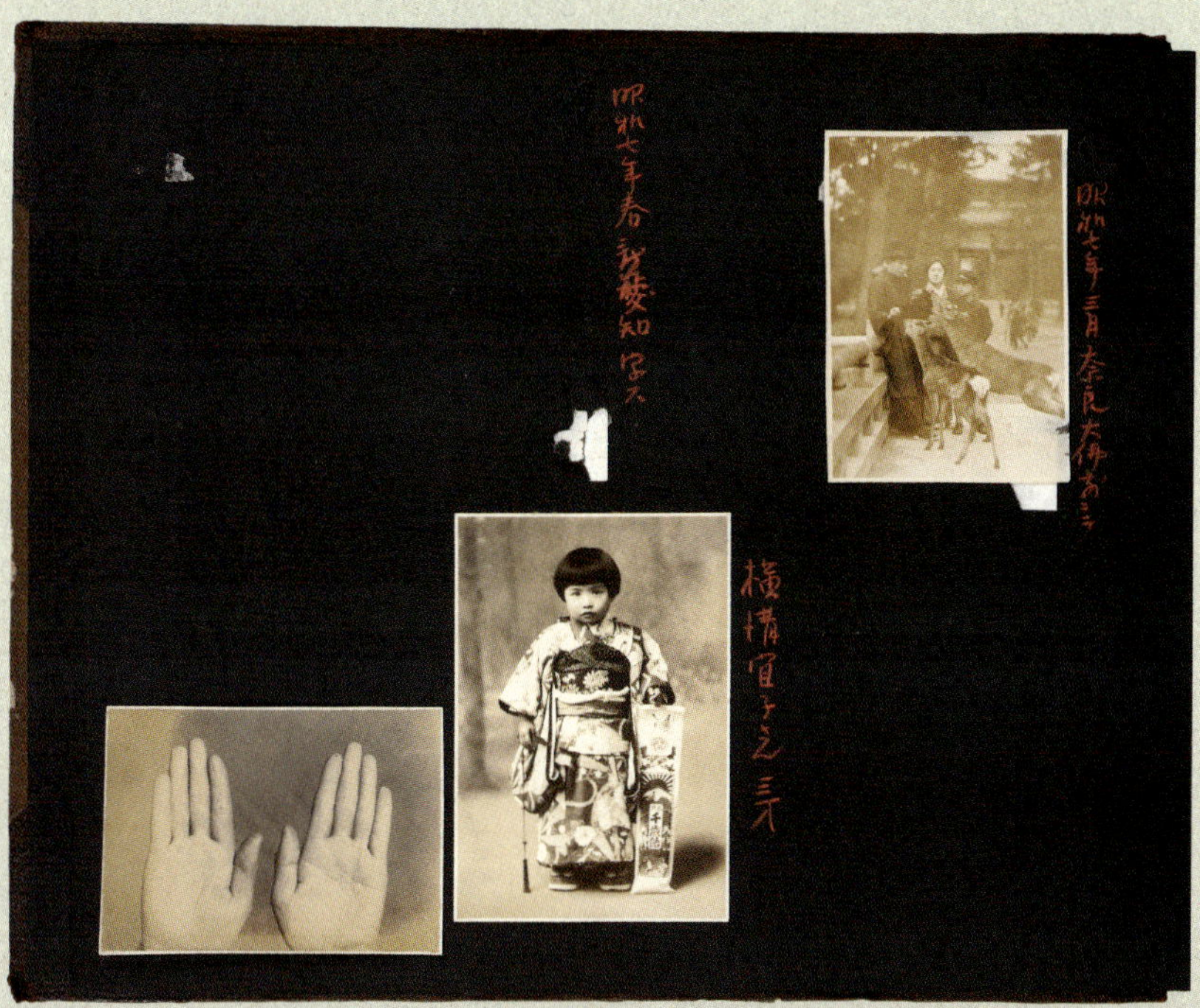

左／盟友、横溝正史の娘「宣子さん三才」の写真も。なぜか左隣に配置させた両の掌写真は、誰の手なのか不明。
下／旅の写真を集めたアルバムより。河口湖、毛越寺、中尊寺、江ノ島、日光、松島、三原山……。こちらの一冊に限っては、いわゆる普通の家庭の「家族アルバム」に徹している。

孫の平井憲太郎氏の手許に遺された乱歩編集によるアルバム8冊と、ライカⅢCエルマーf=5cm 1:3.5付き（左）、旅先で活躍したイーストマン・コダック製の折り畳み式ブローニー。

乱歩文学の世界へ――覗き見る乱歩

本格探偵小説からエンターテインメント、少年物、そして評論、エッセイ、海外推理小説の翻訳まで手がけた乱歩。その広範な世界の全体像を捉えることは簡単ではないけれど、ここでは「見る」ことを手掛かりとして作品をたどってみよう。視覚表現へのこだわりは、乱歩文学を楽しむ大きな手がかりとなる。

落合教幸

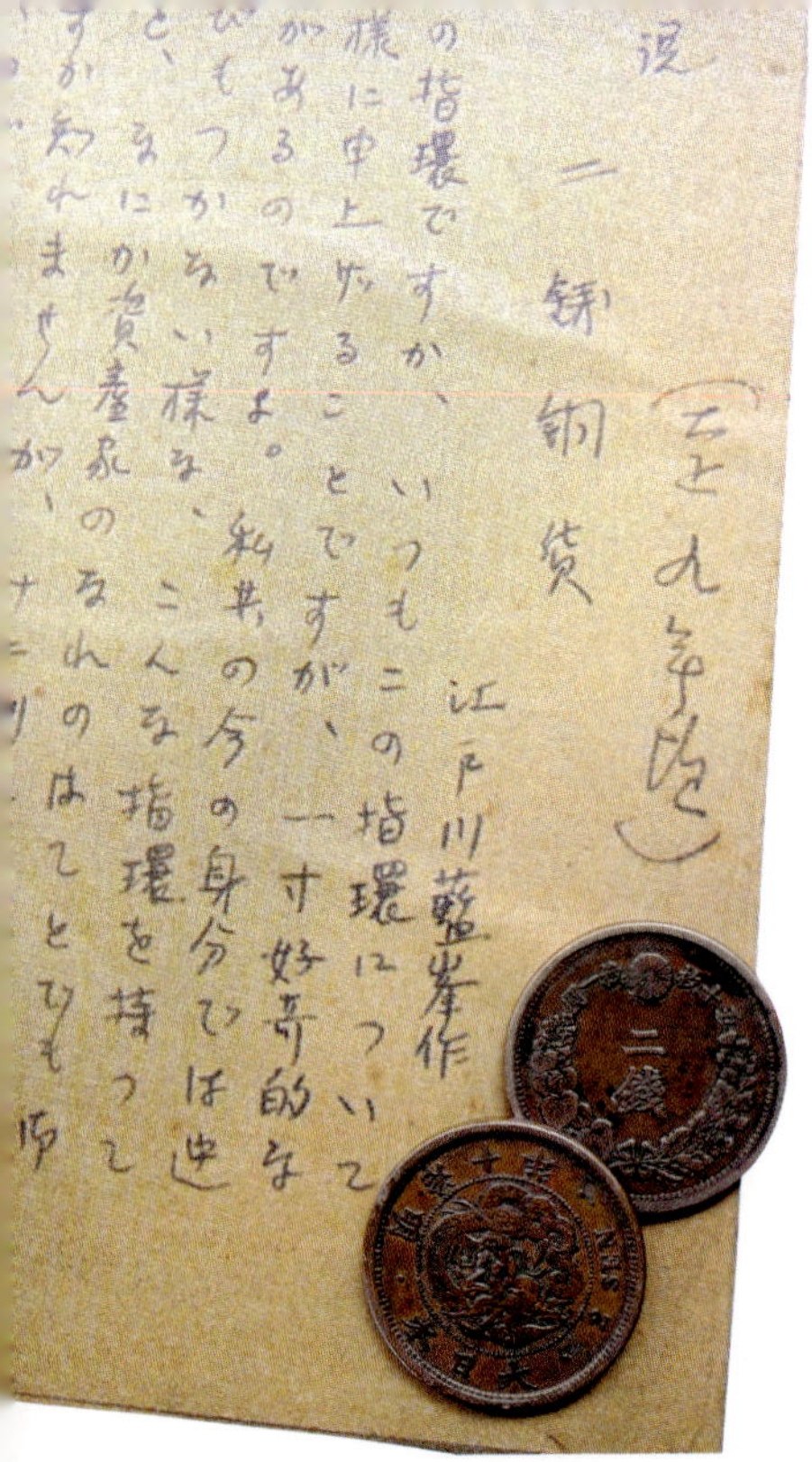
大正12年発表の乱歩デビュー作「二銭銅貨」の草稿。筆名は江戸川藍峯

乱歩が書いたもの

江戸川乱歩の最初の探偵小説である「二銭銅貨」が雑誌「新青年」に掲載されたのは、大正十二（１９２３）年、乱歩が二十八歳のときだった。それから昭和三十年代まで、途中いく度もの休筆期間をはさみながらも文章を発表し続けた。

最初の作品「二銭銅貨」掲載時にも「探偵小説に就て」という短い文章が添えられているが、乱歩は初期から求めに応じて随筆的なものを書いてきた。当時探偵小説は新しいジャンルとして作り上げられていく最中であったから、評論的な部分も含まれる文章も少なくなかった。乱歩の小説以外の著作には『幻影城』のような評論・研究もあれば、身辺雑記的なものもある。『探偵小説四十年』は自伝であると同時に探偵小説史でもあり、単純に区分のできない内容となっている。

乱歩の小説作品は、時期と掲載誌から、大きく三つに分けることができる。初期の「新青年」を中心とした短編・中編小説と、昭和四年以降、「講談倶楽部」「キング」といった読物雑誌に連載した長編小説、そして「少年倶楽部」や戦後の「少年」に連載した少年物である。

乱歩自身が「大正十四年から翌々昭和二年の三月までの二カ年余りに、私は自分の持っている小説力ともいうべきものを殆んど出しつくしたのであった」（『探偵小説四十年』）とやや自虐的に述べているように、初期の作品には乱歩の奇想がふんだんに盛り込まれている。「D坂の殺人事件」「心理試験」「屋根裏の散歩者」「人間椅子」「お勢登場」「人でなしの恋」「パノラマ島奇譚」「鏡地獄」など、多くの作品がこの時期に書かれたのだった。そして「D坂の殺人事件」では明智小五郎が初登場し、その後「心理試験」「屋根裏の散歩者」などいくつかの作品で探偵役をつとめることになる。

昭和四（1929）年、「新青年」を出していた出版社である博文館から読物雑誌「朝日」が出ることになり、乱歩はそこに「孤島の鬼」を連載する。同年には講談社「講談倶楽部」に「蜘蛛男」を連載している。「蜘蛛男」から乱歩はエンターテインメントへと意識的に向かい、都会的に洗練された明智小五郎が再登場して活躍する長編などを連載していく。そういった小説としては「魔術師」「黄金仮面」「黒蜥蜴」「人間豹」「暗黒星」などがある。

少年物は昭和十一（1936）年の「怪人二十面相」にはじまる。講談社の月刊少年雑誌「少年倶楽部」一月号から十二月号まで連載、その後単行本として刊行される。この流れは翌年の「少年探偵団」、「妖怪博士」などに続く。戦後には光文社の「少年」で「青銅の魔人」以降も踏襲されていき、最後の「超人ニコラ」（「黄金の怪獣」）まで続いた。

これらはごくおおまかな分類で、もちろんこうした区分けではとらえきれない作品も存在する。たとえば初期に新聞連載した「一寸法師」は後の通俗的な長編に近い。また、通俗長編期の「石榴《ざくろ》」や中絶した「悪霊」、戦後の「化人幻戯」は本格探偵小説を志向して書かれたものである。

経験と発想と

江戸川乱歩ほど自分自身について書き残した作家も珍しい。『悪人志願』（昭和四・1929年）にはじまる随筆・評論集でさまざまな嗜好についても触れているし、『鬼の言葉』（昭和十一・1936年）から戦後の『幻影城』（昭和二十六・1951年）

「D坂の殺人事件」（「新青年」大正14年1月増刊口絵）

といった、探偵小説の評論・研究書でも自らの作品を俎上にのせ、自らがかかわった各種の全集・選集にも詳しい自作解説を掲載している。そして、総まとめとなっているのが『探偵小説四十年』（昭和三十六・1961年）で、乱歩自身の歩みと日本探偵小説の歴史とを書き記しているが、そこでもまた、自作の生まれた状況を詳述しているだけでなく、発表時の反応などについても触れている。

われわれ後世の読者が乱歩文学を追っていくとき、こうした乱歩自身が述べた言葉に誘導された見方をしてしまうことは仕方のないことかもしれない。興味深いのは、その乱歩自身の言葉もまた、同時代の評価に左右されていることだろう。

〈発表して人が褒めてくれれば、いいのかなと思い、くさされれば悪いのだと確信する。つまり自信がゼロなんです〉

（「楽屋噺」）

この述懐「楽屋噺」は比較的初期のものだが、こうした意識は晩年まで続いていく。乱歩は生涯にわたって自分について書かれた記事を集め、『探偵小説四十年』では、昭和三十年の「十字路」「化人幻戯」の評価を丁寧に拾って引用している。

乱歩は、少年期から物語を作ることはあったものの、小説家になることだけを志望していたわけではなかった。大学在学中には探偵小説を読み漁って、卒業時には海外に渡って探偵小説家になることを考えたりもしたが、それもまた若き日に思い描いたいくつかの希望のひとつであった。

二十代には商社勤務から古本屋、広告の営業など数多くの仕事を経験した。そういったなかで映画監督や弁士への興味を示したこともある。仕事はどれも長くは続かなかったが、セールスなどに意外な才能を発揮したりもした。

乱歩の初期の作品には、こうした職業を転々とするなかでの経験を反映したものが少なくない。古本屋を営んでいた経験が「D坂の殺人事件」（大正十四・1925年）につながるのは、わかりやすい例だ。

「D坂の殺人事件」は、名探偵明智小五郎が初登場する作品である。語り手の「私」は知り合った明智とカフェで語っていると、向かいの古本屋の様子がおかしいことに気づく。店に向かった二人はそこで古本屋の細君が絞殺されているのを発見する。しかし店の形状から、犯人が逃走したようには見えず、一種の密室状態がつくりだされているのだった。

古本屋を描くにあたっては、乱歩が二人の弟と団子坂で開いていた古書店「三人書房」が参考にされている。また、その後大阪に移り住んだ乱歩は、京阪電車で通勤していたが、電車の線路と道路の境にある柵に沿って歩いているときに、この作品のカギとなる棒縞の着物と格子のトリックを発

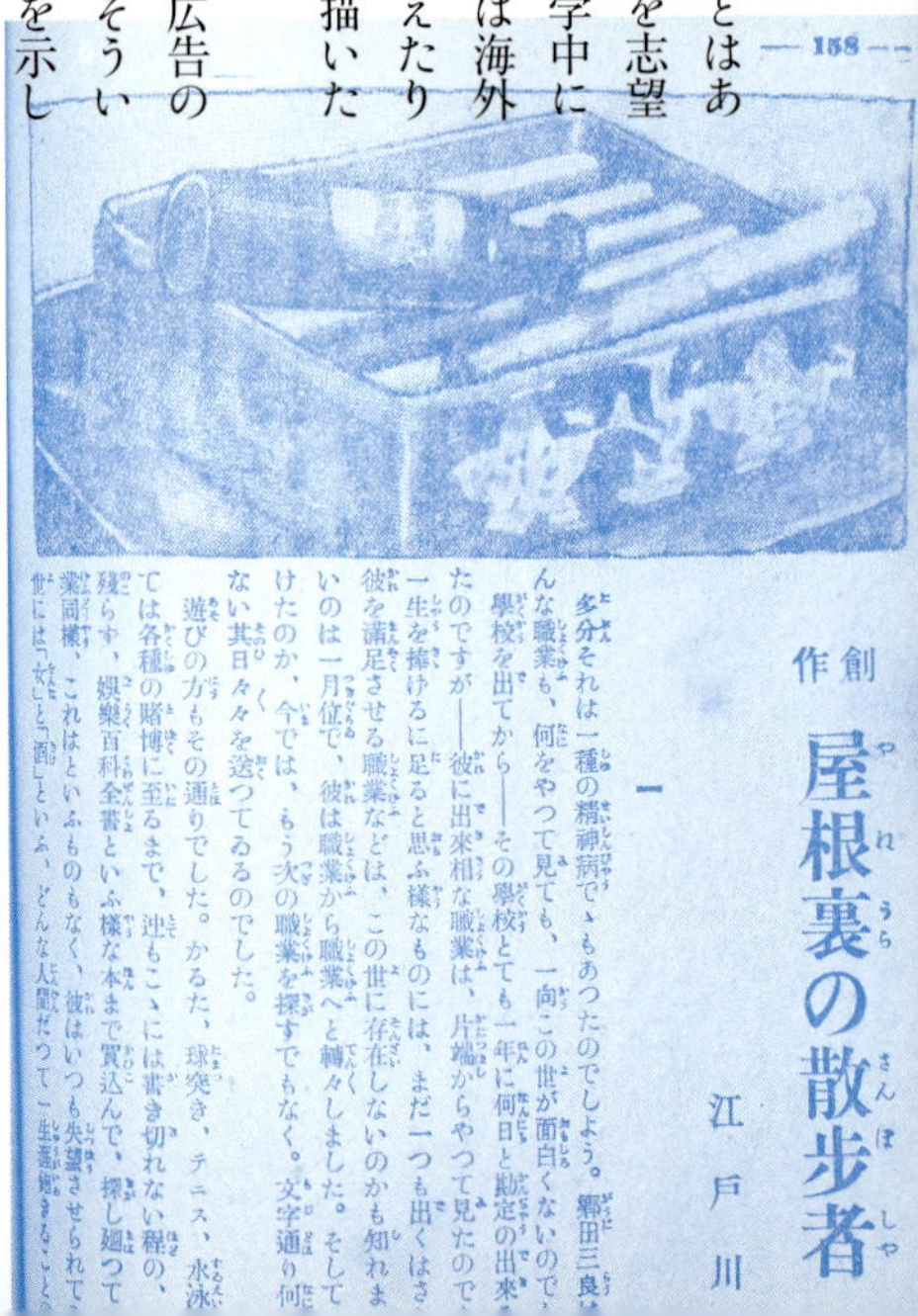
— 158 —

創作

屋根裏《やねうら》の散歩者《さんぽしゃ》

江戸川

一

多分それは一種の精神病ででもあつたのでしょう。郷田三良
んな職業も、何をやつて見ても、一向この世が面白くないので
學校を出てから——その學校とても一年に何日と勘定の出來
たのですが——彼に出來相な職業は、片端からやつて見たので
一生を捧げるに足ると思ふ様なものには、まだ一つも出くはさ
彼を満足させる職業などは、この世に存在しないのかも知れま
いのは一月位で、彼は職業から職業へと轉々しました。そして
けたのか、今では、もう次の職業を探すでもなく。文字通り何
ない其日々々を送つてゐるのでした。
遊びの方もその通りでした。かるた、球突き、テニス、水泳
ては各種の賭博に至るまで、迚もこゝには書き切れない程の、
殘らず、娯樂百科全書といふ様な本まで買込んで、探し廻つて
業同様、これはといふものもなく、彼はいつも失望させられて
世には「女」と「酒」といふ、どんな人間だつて

「屋根裏の散歩者」（「新青年」大正14年8月増刊）

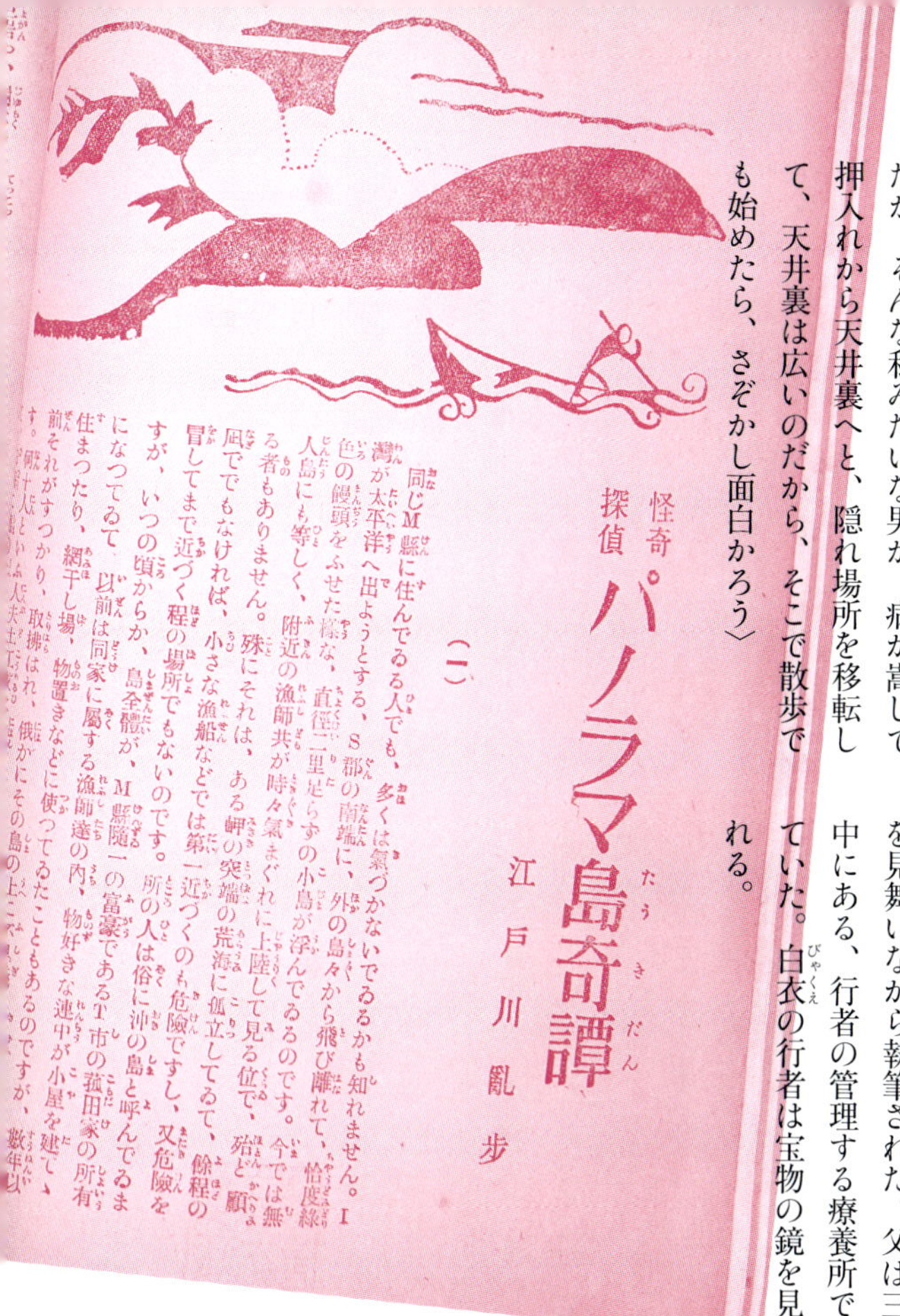

怪奇探偵 パノラマ島奇譚《たうきだん》

江戸川亂歩

（一）

同《おな》じM縣《けん》に住《す》んでゐる人《ひと》でも、多《おほ》くは氣《き》づかないでゐるかも知《し》れません。I灣《わん》が太平洋《たいへいやう》へ出《で》ようとする、S郡《ぐん》の南端《なんたん》に、外《ほか》の島々《しまじま》から飛《と》び離《はな》れて、恰度綠《ちやうどみどり》色《いろ》の饅頭《まんぢう》をふせた樣《やう》な、直徑《ちよくけい》一里《り》足《た》らずの小島《こじま》が浮《うか》んでゐるのです。今《いま》では無人島《むじんたう》にも等《ひと》しく、附近《ふきん》の漁師《れふし》共《ども》が時々《ときどき》氣《き》まぐれに上陸《じやうりく》して見《み》る位《くらゐ》で、殆《ほとん》ど顧《かへり》みる者《もの》もありません。殊《こと》にそれは、ある岬《みさき》の突端《とつたん》の荒海《あらうみ》に孤立《こりつ》してゐて、餘程《よほど》の凪《なぎ》でもなければ、小《ちひ》さな漁船《れふせん》などでは第一《だいいち》近《ちか》づくのも危險《きけん》ですし、又《また》危險を冒《をか》してまで近《ちか》づく程《ほど》の場所《ばしよ》でもないのです。所《ところ》の人《ひと》は俗《ぞく》に沖《おき》の島《しま》と呼《よ》んでゐますが、いつの頃《ころ》からか、島全體《しまぜんたい》が、M縣《けん》隨一《ずゐいち》の富豪《ふがう》であるT市《し》の菰田家《こもだけ》の所有《しよいう》になつてゐて、以前《いぜん》は同家《どうけ》に屬《ぞく》する漁師達《れふしたち》の内《うち》、物好《ものず》きな連中《れんぢう》が小屋《こや》を建《た》て、住《す》まつたり、網干《あみほ》し場《ば》、物置《ものお》きなどに使《つか》つてゐたこともあるのですが、數年《すうねん》以前《ぜん》それがすつかり取拂《とりはら》はれ、俄《にはか》にその島《しま》の上《うへ》に

「パノラマ島奇譚」
（「新青年」大正15年10月号）

想したという。

ほかにも「屋根裏の散歩者」（大正十四年）には、造船所勤務時代の経験が反映されている。

〈昔二十四五歳の折、鳥羽の造船所に勤めていて、またしても会社勤めにいや気がさして、独身者合宿所の自分の部屋の押入れの中に隠れて、会社から呼びに来ても気づかれぬ様に、襖をしめ切って、その真暗な中で、壁に『アインザムカイト』なんて落書きをして、まじまじと寝転んでいたものだが、そんな私みたいな男が、病が嵩じて、押入れから天井裏へと、隠れ場所を移転して、天井裏は広いのだから、そこで散歩でも始めたら、さぞかし面白かろう〉

（「楽屋噺」）

こうした経験から、屋根裏に入り込むことを思いついた。そして実際に、執筆当時に住んでいた大阪守口の自宅で確かめてみてもいる。

「屋根裏の散歩者」は、そのようにして屋根裏から他人の生活を覗き見ることの楽しみを発見してしまった男の話である。やがて男は単に覗き見ることだけでは飽き足らず、殺人へと進んでいく。

「屋根裏の散歩者」は当時病床にあった父を見舞いながら執筆された。父は三重の山中にある、行者の管理する療養所で暮らしていた。白衣《びゃくえ》の行者は宝物の鏡を見せてくれる。

〈白衣の行者は、御宗旨《おしゅうし》の宝物だと云って、古臭い金《かね》の鏡を大切に保存していたが、その鏡の裏に南無阿弥陀仏の名号《みょうごう》が浮彫りになっていて、鏡の表面を日光に当て、白壁などに反射させると、不思議なことに、裏の名号が、その中にハッキリと白く写るのだ〉

（「楽屋噺」）

この経験は「鏡地獄」（大正十五・1926年）の着想へとつながっていく。

「鏡地獄」は、レンズや鏡といった、物の姿を映す物に異常な関心を持った男について語っている。その中で、

〈ある日彼の勉強部屋を訪れますと、机の上に古い桐の箱が出ていて、多分その中に入っていたのでしょう、彼は手に昔物の金で出来た鏡を持って、それを日光に当てて暗い壁に影を映しているのでした。

「どうだ、面白いだろう、あれを見給え、こんな平な鏡が、あすこへ映ると、妙な字の形が出来るだろう」

彼にそう云われて、壁を見ますと、驚いたことには、白い丸形の中に、多少形がくずれてはいましたけれど、壽という文字が、白金の様な強い光りで現れているのです〉

（「鏡地獄」）

として、登場人物をかたちづくるエピソ

ードとして利用されている。「鏡地獄」はそうした鏡の魅力にとりつかれた男が、ある日大きな玉の内部に鏡を張ることを思いつく、というものである。これは雑誌「科学画報」に掲載されていた「球体の内面を全部鏡にして、その中心に物を置いたら、どんな像が写るでしょうか」という記事に着想を得たと乱歩は書いている（「楽屋噺」）。

このように、いくつかの経験と発想が結びつき、乱歩の小説は生まれてきたのであった。

変格探偵小説の楽しみ

乱歩は大正十二（1923）年に「二銭銅貨」「一枚の切符」を発表し、探偵小説家となった。その後、「D坂の殺人事件」で専業作家の道を歩み始め、大正十四年、十五年に多くの作品を発表する。乱歩の探偵小説は、こうした早い時期から、大きく二つの傾向に分けられている。本格探偵小説と、それから逸脱するような小説と。

昭和二（1927）年に刊行された『現代大衆文学全集第三巻　江戸川乱歩集』は、乱歩の初期の作品を収めているが「第一部は純粋の探偵小説、第二部は私の妙な趣味が書かせた謂わば変格的な探偵小説、第三部は新聞雑誌に連載した長篇ものであります」と乱歩自身が解説に書いている。「二銭銅貨」「D坂の殺人事件」「心理試験」「黒手組」「一枚の切符」「灰神楽」が第一部で、「二癈人」「赤い部屋」「白昼夢」「屋根裏の散歩者」「踊る一寸法師」「毒草」「鏡地獄」「人間椅子」が第二部になっている。

読者にとっての乱歩イメージは、この第二部に属するような変格探偵小説の作者としての印象が強かった。乱歩自身もそうした読者の反応を強く意識していた。

昭和三年の中編「陰獣」はそれまでの乱歩の総集編ともいえる探偵小説となっている。大正十四・十五年に多くの作品を書いた乱歩は、翌昭和二年の春に「パノラマ島奇譚」「一寸法師」の連載を終えると、休筆を宣言する。しばらく放浪の旅などをした後に書いた作品が「陰獣」であった。

「陰獣」は、謎の作家大江春泥をめぐる物語だ。語り手である探偵小説家の寒川は、愛読者の小山田静子から相談を受ける。元恋人の平田は作家の大江春泥で、復讐のために静子をつけ狙っているというのである。

押絵と旅する男
江戸川乱歩

「押絵と旅する男」（「新青年」昭和4年6月号）

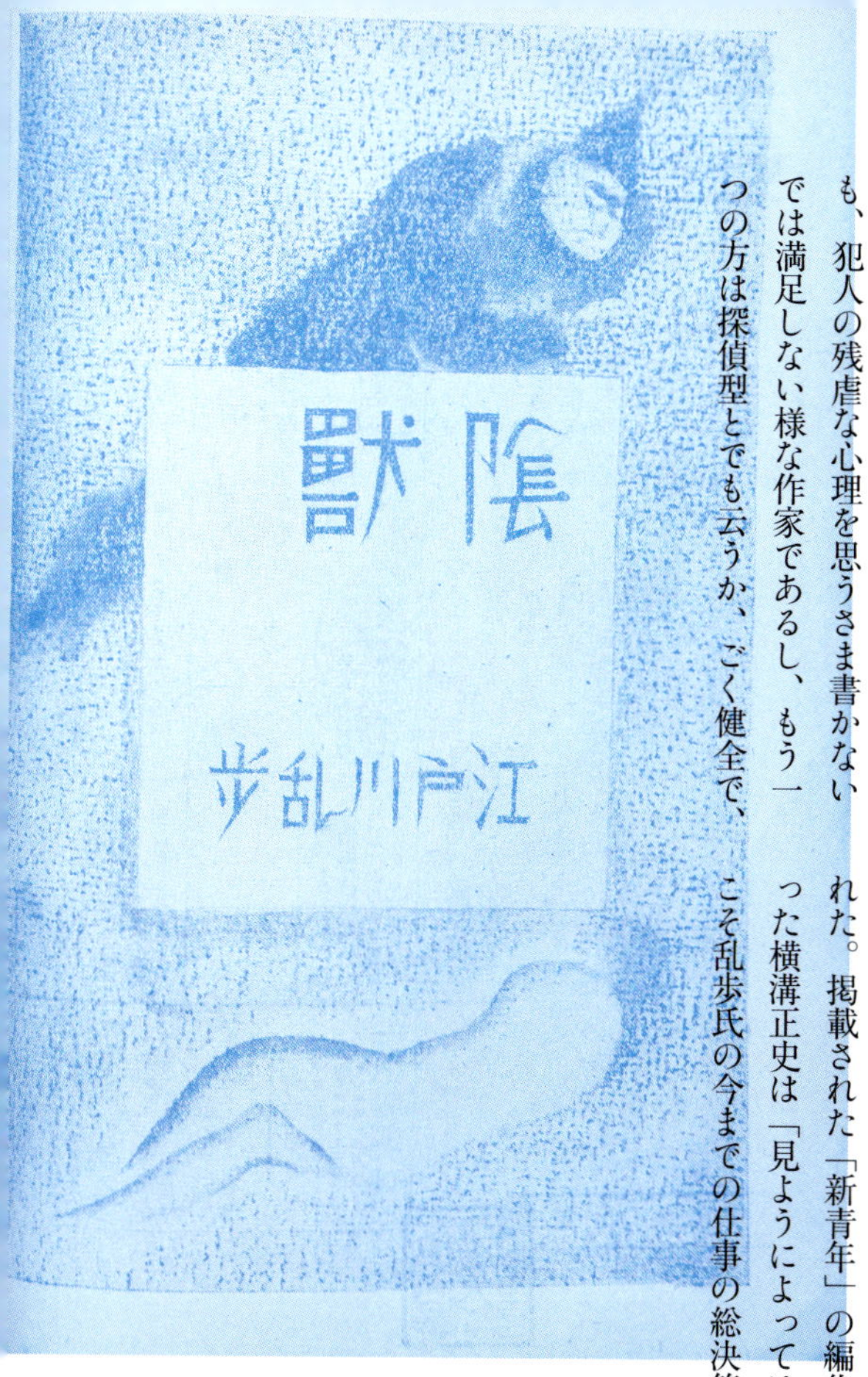

「陰獣」
（「新青年」昭和3年8月増刊）

大江春泥の作品は「屋根裏の遊戯」「一枚の切手」「B坂の殺人」「パノラマ国」「一人二役」「一銭銅貨」として紹介される。いうまでもなく、乱歩の「屋根裏の散歩者」「一枚の切符」「D坂の殺人事件」「パノラマ島奇譚」「一人二役」「二銭銅貨」に対応する。

「陰獣」の冒頭では、二種類の探偵作家について語られている。

〈私は時々思うことがある。探偵小説家というものには二種類あって、一つの方は犯罪者型とでも云うか、犯罪ばかりに興味を持ち、仮令《たとえ》推理的な探偵小説を書くにしても、犯人の残虐な心理を思うさま書かないでは満足しない様な作家であるし、もう一つの方は探偵型とでも云うか、ごく健全で、理智的な探偵の径路にのみ興味を持ち、犯罪者の心理などには一向頓着しない様な作家であると〉（「陰獣」）

乱歩自身のイメージを投影した大江春泥と、語り手である作家寒川は対照的な存在となっている。寒川は謎の作家大江春泥の痕跡をたどり、屋根裏へと導かれる。

〈私は屋根裏の遊戯者を真似て、そこから下の部屋を覗いて見たが、春泥がそれに陶酔したのも決して無理ではなかった。天井板の隙間から見た「下界」の光景の不思議さは、誠に想像以上であった〉（「陰獣」）

「陰獣」はたいへんな好評をもって迎えられた。掲載された「新青年」の編集長であった横溝正史は「見ようによっては、これこそ乱歩氏の今までの仕事の総決算とも見られる。しかもこの小説背後に隠されている驚くべき秘密は、恐らく探偵小説始まって以来の素晴らしいトリックだと言っても過言ではあるまい」と編集後記に書いている。

乱歩の中編・長編小説を読む楽しみのひとつは、このようにして、別の小説で使われたモチーフがさまざまな場面で変奏され、繰り返しあらわれてくるところにもある。

それは少年物についても同様で、少年探偵団のシリーズをあらためて読むことがあるなら、そこにもまたこうした仕掛けがあることがわかるはずだ（昭和三十九年から刊行されたポプラ社の『少年探偵江戸川乱歩全集』27巻以降に収録されていた、乱歩の一般向けの作品を別作家がリライトしたものもある。ここで述べているのはそれらのことではないけれども、リライト版に触れた読者が、その元になった作品をのちに読んだときにも、またある種の感慨を引き起こしただろう）。

乱歩は一般向けの長編「妖虫」（昭和八・1933年）を翻案して、少年物の「鉄塔の怪人」（昭和二十九・1954年）に仕立ててもいる。のぞきからくりによって、「妖虫」では惨殺の場面を、「鉄塔の怪人」では鉄塔王国の光景を見せられるという冒

★乱歩の主な著作より

1『心理試験』
大正14年7月　春陽堂
2『陰獣』
昭和3年11月　博文館
3『悪人志願』
昭和4年6月　博文館
4『孤島の鬼』
昭和5年5月　改造社
5『蜘蛛男』
昭和5年10月　講談社
6『猟奇の果』
昭和6年1月　博文館
7『吸血鬼』
昭和6年3月　博文館
8『江川蘭子』
昭和6年5月　博文館
※横溝正史らとの合作
9『黒蜥蜴　妖虫』
昭和9年12月　新潮社
10『人間豹』
昭和10年6月　松柏館書店
11『石榴』
昭和10年10月　柳香書院
12『鬼の言葉』
昭和11年5月　春秋社
13『緑衣の鬼』
昭和12年3月　春秋社
14『幽霊塔』
昭和14年5月　新潮社
15『幻影の城主』
昭和22年2月　かもめ書房
16『幻影城』
昭和26年5月　岩谷書店
17『続・幻影城』
昭和29年6月　早川書房
18『探偵小説三十年』
昭和29年11月　岩谷書店
19『犯罪幻想』
昭和31年11月　東京創元社
20『わが夢と真実』
昭和32年8月　東京創元社

※以上、乱歩旧蔵書籍。
18と19は表紙。

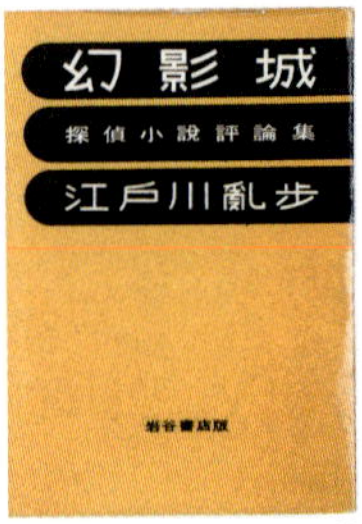

16

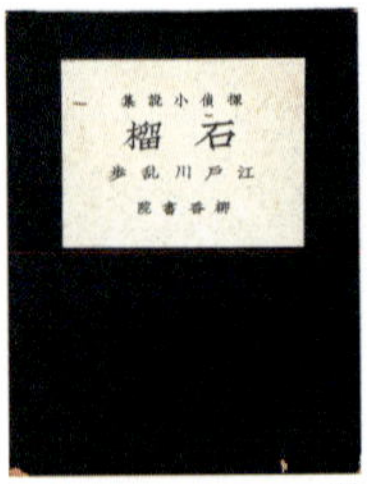

11

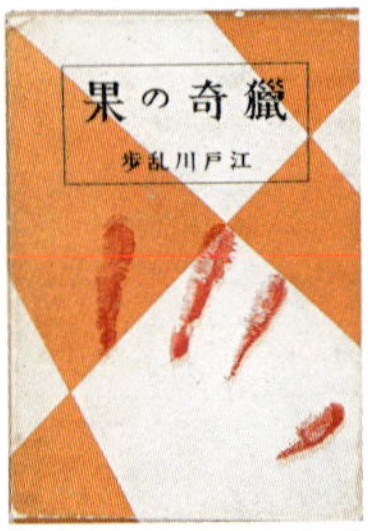

6

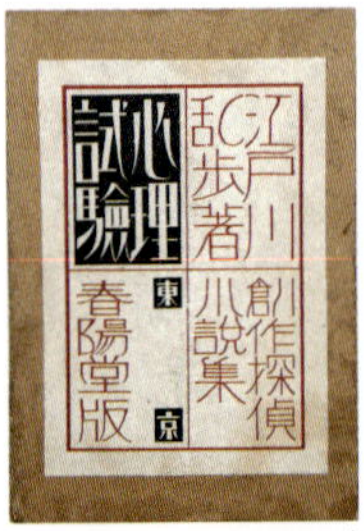

1

17

12

7

2

18

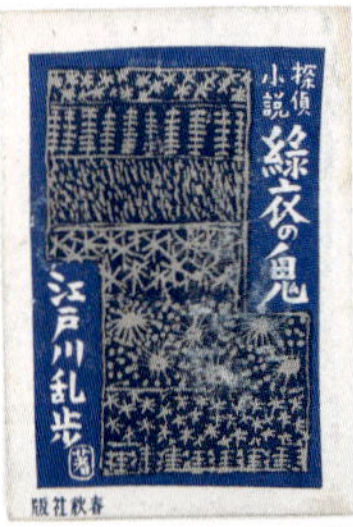

13

8

3

19

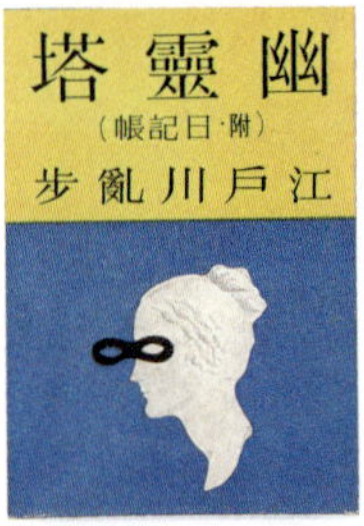

14

9

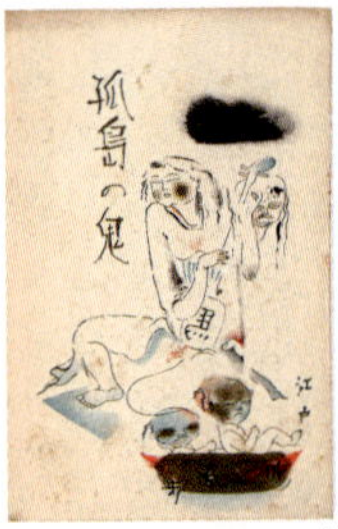

4

20

15

10

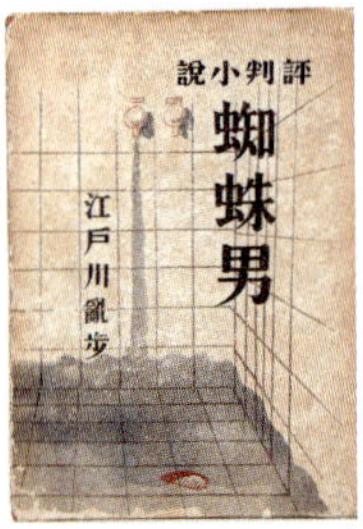

5

頭。「妖虫」ではサソリ、「鉄塔の怪人」ではカブトムシが象徴として使われ、その巨大化したものが登場する。

この場合は極端な例だが、乱歩は多くの仕掛けを反復して利用する。ここでの「のぞきからくり」だけでなく、ほかに「落とし穴」「隠し部屋」といったものもそうだ。より単純に考えてみれば、怪人二十面相をはじめとする登場人物たちの、「変装」が繰り返し行われること自体が、乱歩作品の性質を代表する行為だとも言える。

隠れる・覗き見る喜び

乱歩の小説の特徴として誰もが考えるのは、意外な場所に「隠れる」ということだろう。戦後に刊行された『続・幻影城』（昭和二十九・1954年）では「隠れ簑願望」について述べている。

〈お伽噺に「隠れ簑」というのがある。その簑を着ると自分の姿が他人には見えなくなる。どんないたずらをしても、どんな悪事を働いても、何をしても相手にはこちらの姿が見えないのである。（中略）

私も「隠れ簑」願望の強い男で、昔の作に「覗き」の心理を描いたものが多いのもここから来ている。「屋根裏の散歩者」で天井裏という隠れ簑に隠れて悪事を働くのも、「人間椅子」という隠れ簑に隠れて恋愛をするのも、凡てこの願望の変形であった〉（「探偵小説に描かれた異様な犯罪動機」）

そういったものの代表が「屋根裏の散歩者」「人間椅子」だろう。「屋根裏の散歩者」執筆時には自宅の屋根裏を覗いてみることまでした乱歩だったが、椅子の着想についても、確認作業をしている。

〈横溝君と二人で神戸の町を散歩して、とある家具屋の店先に、大きな肘掛椅子が陳列してあるのを見つけ、私という男は、いきなりそこへ這入って行って、店の人に「この椅子の中へ人間が隠れられるでしょうか」と聞いたのだ〉（「楽屋噺」）

「人間椅子」（大正十四・1925年）では、人付き合いを苦手とする椅子職人が、内部に潜むことが可能な椅子を考案する。椅子がホテルに置かれ、職人はそれを窃盗に利用する。しかし、次第に椅子を通して触れる身体の感触に魅了されていく。

そして隠れた場所からのぞく視線。乱歩の視覚に対する興味は、それを拡張する、レンズや鏡、映像への関心へとつながっていく。代表的なのは「鏡地獄」「押絵と旅する男」「湖畔亭事件」といった小説である。

「湖畔亭事件」（大正十五・1926年）では、語り手の「レンズ狂」ぶりが冒頭で語られる。

〈私は暇さえあると、ボール紙や黒いクロースなどを買って来て、色々な恰好の箱を拵えました。レンズや鏡も段々数を増して行きました。ある時は長いU字形に屈折した暗箱を作って、その中へ沢山のレンズや鏡を仕掛、不透明な物体のこちらから、まるで何の障害物もない様に、その向う側が見える装置を作り「透視術」だなどといって家内の者を不思議がらせて見たり、ある時は、庭一杯に凹面鏡をとりつけて、その焦点で焚火をして見たり、又或る時は、家の中に様々の形の暗箱を装置して、奥座敷にいながら、玄関の来客の姿が見える様にして見たり、その他様々のそれに類したいたずらをやっては喜んでいるのでした〉（「湖畔亭事件」）

湖畔の避暑地に滞在中のこの男が、ここでもそういった装置を駆使して覗きを行う。そこで見たのは、湯上りの女に迫っていく短刀を握った腕、そして流された血だった。男は覗きを行っていたことを隠しながら、事件の捜査に協力していく。

　覗き見ることとは一見逆のようだが、パノラマなどによる世界を俯瞰して眺める視線もまた、乱歩の小説に頻出する。「パノラマ島奇譚」（大正十五年）、「蜘蛛男」（昭和四年）では、島や地底に自分の世界をつくりだす男を書いている。

　一方、「黄金仮面」（昭和五年）、「人間豹」（昭和九年）では、犯人は飛行機やバルーンを使って上空へと逃げ去っていく。「大暗室」（昭和十一年）では飛行機とアドバルーンが使用されるばかりでなく、地底の人工世界まで登場する。

　見ることへの執着は、逆にそれを奪われた状態へと想像を向かわせる。

〈まっ暗で、身動きも出来ない革張りの中の天地。それがまあどれ程、怪しくも魅力ある世界でございましょう。そこでは、人間というものが、日頃目で見ている、あの人間とは、全然別な不思議な生きものとして感ぜられます〉（「人間椅子」）

「人間椅子」では、椅子の中での触覚に焦点が当たる。

「芋虫」（昭和四・1929年）で描かれるのは、戦争で四肢を失い、視覚と触覚だけが残された状態の男である。ほとんど動くことのできない男には、その介護をする妻をじっと眺めることがすべてであった。しかし妻はその視線を重荷に感じ始めてしまう。

「盲獣」（昭和六・1931年）では美女を誘拐した盲目の犯人がこう語る。

〈盲人の世界に残されているものは、音と匂と味と触覚ばかりだ。音は、音楽は、俺には吹き過ぎる風の様で、物足りない。匂いは、悲しいことに人間の鼻が、犬の様に鋭敏でない。食べものは、ただ腹がふくれるばかりだ。と考えて見ると、触覚こそ、俺達盲人に残された、唯一無二の享楽であることが分って来た〉（「盲獣」）

　そしてこの男は究極の「触覚芸術」へと進んでいくのであった。目で見る限りは無意味だが、触ることによってその素晴らしさが感じられる芸術である。乱歩がもっとも重視する視覚を欠いた人物を中心にすることで、逆に「見る」行為について描いた作品となっているのである。

　こうして、「見る」ことを手掛かりとして乱歩作品をたどってきた。視覚表現は乱歩作品の最も顕著な特徴の一つであり、多くの作品で乱歩のこだわりを感じることができる。他にも乱歩らしいと言われる事柄はいくつもあるが、しかしそのように乱歩文学の特徴のいくつかを挙げてみても、その全体を捉えていることにはならないだろう。

　乱歩はトリックについてこのように書いている。

〈探偵小説のトリックというものは、外国人が殆ど書き尽している。新しいつもりで考え出しても、結局誰かの使い古しである場合が多い。そこで、私はそれをさける為に一つの手段を思いついた。なるべく人の知っている様な、有名なトリックを、裏返して用いる手だ。それ故、トリックはありふれていればいる程好都合である。読者はハハア、又例のトリックかと分ったつもりで安心して読んでいる。そいつを、ヒョイとひっくり返す。すると、有名なトリックである丈けに、効果が大きいのだ。つまり、当時私が苦心して考えたのは、トリックをひっくり返す所の、もう一つのトリックについてであった〉（「楽屋噺」）

　われわれ読者の乱歩文学への視線もまた「ヒョイとひっくり返す」、そういう読みがあらわれるかもしれない。

（おちあい・たかゆき　日本近代文学研究者）

★懐かしの少年探偵団

怪人二十面相と名探偵明智小五郎、小林少年、少年探偵団の対決だ！ あなたの懐かしいシリーズは？

■講談社版

昭和11年「怪人二十面相」が「少年倶楽部」で連載開始。「少年探偵団」「妖怪博士」「大金塊」まで4冊が刊行（昭和11年12月〜15年2月）。装画は小林秀恒など。

■光文社版

戦後、雑誌「少年」に「青銅の魔人」を連載した光文社で、初めて乱歩の少年探偵ものを全集化。昭和32年〜35年まで23巻刊行。装幀は松野一夫。

■ポプラ社版

『少年探偵江戸川乱歩全集』として昭和39年〜48年に全46巻刊行。乱歩のオリジナルは26巻までで、以降は乱歩の小説を改作者が少年向けに書き直したもの。

人間乱歩の歩んだ道

平井太郎として生を受け、乱歩として生涯作家の道を突き進んだ70年。読むこと書くことの大好きな少年は、いかにして「乱歩」となったのか。明治大正昭和を生き抜いたその生涯の軌跡をたどる。

浜田雄介

明治40年、中学1年の太郎少年。

1. 出生及び幼少期——冒険小説、少年雑誌に夢中

江戸川乱歩は明治二七（1894）年一〇月二一日、平井繁男の長男として三重県名《な》張《ばり》町（現・名張市）に生まれた。本名は平井太郎だが、以下の記述では便宜上すべて筆名を用いる。乱歩の六歳下に通、九歳下に敏男、一二歳下に玉子（たま）の弟妹が生まれ育った。平井氏は乱歩の祖父の代まで伊勢の藤堂家家臣であったが明治以降家産を失い、繁男は苦学して関西法律学校を卒業した後、名張町の名賀郡役所に勤務した。まもなく本堂きくと結婚し、乱歩が生まれてから亀山町鈴鹿郡役所書記を経て明治三〇年に東海紡績同盟会書記長となり、一家で名古屋に移る。やがて繁男は名古屋の大実業家奥田正香《まさか》の知遇を得て奥田商店の支配人となる一方、自宅に特許事務所を開設。明治四一年には独立して平井商店を開き、機械の輸入、石炭の販売、外国保険会社代理店を営むなど、近代日本の発展と寄り添うように中部実業界に活躍した。

乱歩は明治三四年に名古屋市立白川尋常小学校に入学、三八年に名古屋市立第三高等小学校、四〇年に愛知県立第五中学に進学する。子供の頃には母の新聞読み聞かせで菊池幽芳《ゆうほう》訳の冒険小説「秘中の秘」に触れ、巌谷《いわや》小波《さざなみ》の『世界お伽噺』を読み、や

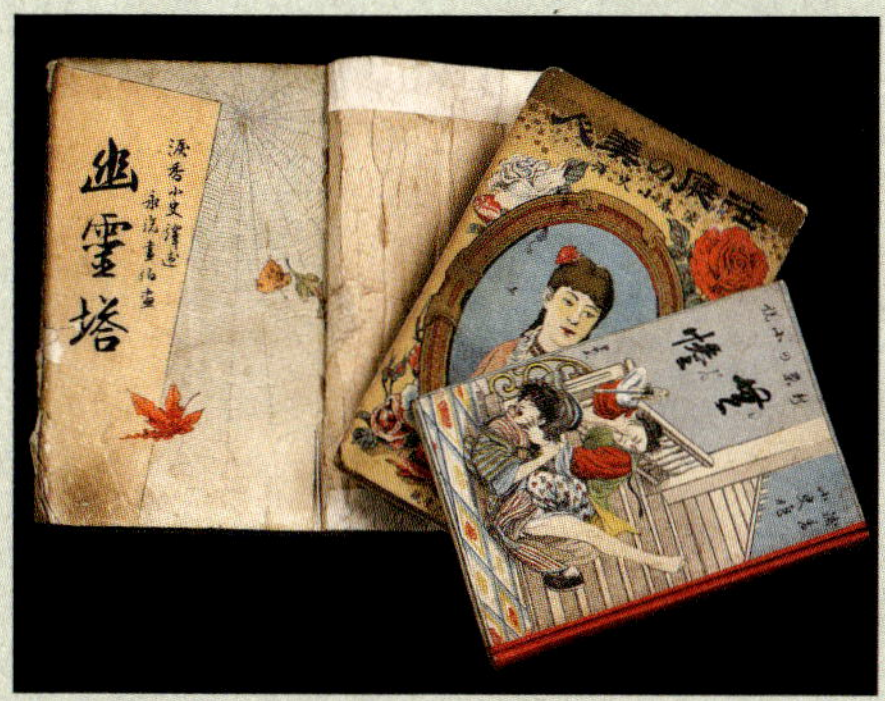

右／明治30年の父・繁男。　中／右から母きく、数え年5歳の乱歩、祖母わさ（和佐）。明治31年、名古屋在住の頃。
左／少年時代に愛読した黒岩涙香の著作『幽霊塔』や『法庭の美人』。

がて少年雑誌に手を広げたという回想からは、裕福な家庭で文化的にも恵まれた環境が想像できよう。

　菊池幽芳は「大阪毎日新聞」専属で明治三〇年代には絶大の人気を誇った家庭小説の作者で、海外のミステリーも積極的に翻案紹介していた。乱歩が小学校時代に学芸会の演壇で話をしたという「秘中の秘」は暗号解読による宝探しの物語で、後に「孤島の鬼」や「怪奇四十面相」などの冒険、宝探し物語を書く乱歩には、幼少期の感性が働きかけてもいたであろう。少年雑誌を読むようになってからは当時の少年たちがみな夢中になった押川春浪に熱中し、高等小学校の頃からは友人たちと雑誌を印刷発行し、小学生に読ませたという。「平井商店内少年会本部」を発行所として中学時代に出した「中央少年」は今でも一部が残っているが、乱歩は笹舟の筆名で冒険小説などを書いている。同じ頃、母親も愛読していた黒岩涙香の作品を、貸本屋で借りられる限り借りて読み尽くす。貸本屋は市中いたるところにあり、図書館のような役割を果たしていた時代である。

　家庭では特に祖母和佐の溺愛を受けたが、内弁慶で高等小学校時代からはいじめられっ子になり、中学校も休みがちだったという。中学では同級の美少年との初恋も経験し、また中国への渡航を企てて停学になったというエピソードも残るが、外側の世界との齟齬に悩みつつ、後に花開くであろう豊穣な物語を受容していたのが、乱歩の幼少から中学までの時代であった。

2. 早稲田大学——探偵小説発想の萌芽

　明治四五（1912）年六月、平井商店が破産する。三月に中学を卒業し、第八高等学校進学の準備をしていた乱歩は、進学を断念せざるを得なくなる。四三年の韓国併合から二年目という時代で、繁男は朝鮮に渡り、開墾事業を計画する。乱歩はいったん父に従い渡韓するが学問の志捨てがたく、単身上京して同年すなわち大正元年九月早稲田大学予科に編入し、苦学（アルバイト）をしながら学生生活を送ることになる。湯島の活版印刷所に住み込んで南京虫と戦う生活から始まり、他の苦学生たちと

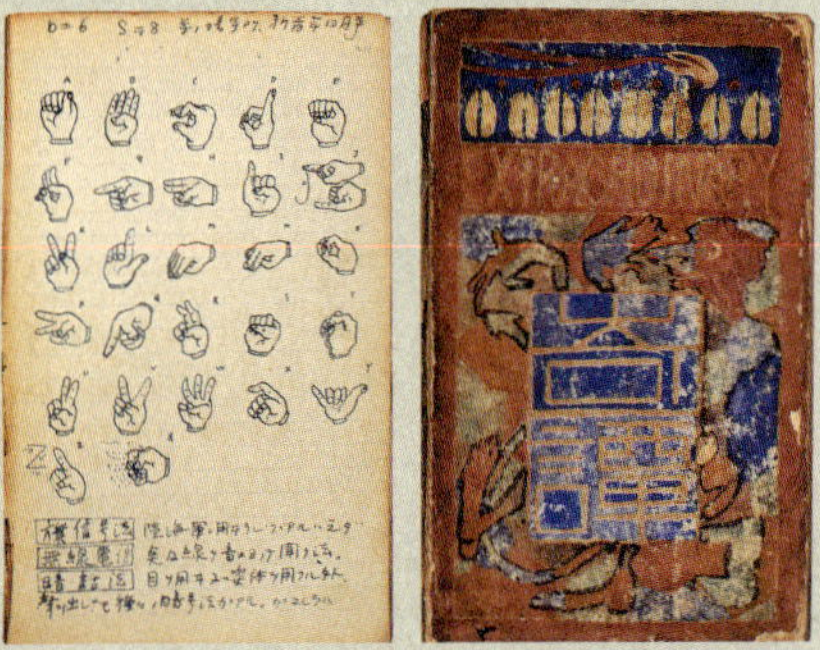

早大在学中に製作した『奇譚』。探偵小説の読書の覚書や暗号の研究をまとめた自製本。

大正4年、「在京五中卒業者ノ会合」にて後列右から4人目が早大本科2年の乱歩。

一と間に同居して自炊生活をしたり、母方の祖母本堂つまと同居したり、親戚の岩田家に寄寓したりと居を転々とする日々だった。大正三年には母と弟、次いで父も朝鮮から帰って一家が揃うが、なお経済的困窮は続いた。

早稲田大学大学部政治経済学科に進学した乱歩は紹介を受けた政治家の川崎克《かつ》の世話で「自治新聞」の編集、図書館勤務、家庭教師などに従事しているが、仕事と大学のほかに大学図書館をはじめ帝国図書館や日比谷図書館、大橋図書館に通う生活で、ポーやドイルに出逢い、欧米の短篇探偵小説の多読が始まったのも大学時代であった。発表のあてもなくドイルやアンドレーエフの翻訳を試み、読書記録を兼ねたミステリー案内と言うべき『奇譚』を手製本で作り、探偵小説「火縄銃」を創作したのもこの時期で、後世から見れば着実に、まだ日本には存在しない探偵小説作家への道を歩み始めてもいた。

ただし乱歩が最も希望していたのは大学に残り学者になることであった。在学中には経済学への関心を深め、大学への提出論文や友人と作った回覧雑誌「白虹」への掲載論文などで、経済と心理、欲望や競争をさかんに論じ、クロポトキンやマルサスにも関心を寄せたが、もっとも影響を受けたのはダーウィンの進化論であったという。ダーウィンの影響は、鳥羽造船所時代の言論活動などにおいて直接的に表れるが、俯瞰してみればそこにあるのは人間を相対化する発想である。そして目の前にある事象を何かしら過去に行われた悶着（生存競争）の痕跡として見る発想であり、その説明原理を神に委ねず、論理整合性に求める発想である。これは、実は探偵小説の発想ではないか。

また、大正期の早稲田は文学的には自然主義の牙城であったが、乱歩はしばしば、自然主義への嫌悪から日本文学から離れたと回想する。嫌悪は事実であろうが、文学運動の影響は意識的直接的なものとは限らない。人間を遺伝や本能から科学的に解釈する自然主義の発想は、その点だけとれば探偵小説の合理主義に近いものもあろう。乱歩の放浪癖は遺伝もあるかもしれないが、早稲田的な感じがしないでもない、というのはさすがになかば冗談口であるけれども。学生時代の混沌には、その後の人生に向けてさまざまの導線が埋め込まれている。

3. 鳥羽造船所と三人書房——自由な文化活動にのめりこむ

大正五（1916）年、早稲田大学を卒業した乱歩は川崎克の紹介で加藤洋行に就職し、輸出向け雑貨の仕入れなどを担当した。熱心な社員だったが一年足らずで仕事に嫌気がさし、翌六年五月頃に出奔、放浪生活などを経て、一一月には鳥羽造船所に入所する。ここでは技師長桝本卯平に気に入られて、造船所員の意見発表と相互啓発、また造船所と鳥羽町との融和理解を目的とした機関誌「日和《ひより》」の創刊、編集にあたった。鳥羽造船所の起源は明治初期に遡るが、経営不振で分割譲渡されていた各事業を鈴木商店が買収し、株式会社として再建に動き出したのが大正五年である。鳥羽では急激に職工の数が増え、地元商店などとの間に軋轢が生じていた。大正中期は全国的にも米騒動や労働争議の騒然たる時代であったが、七年一一月にはいわゆる鳥羽暴動が起こり、乱歩は「日和」一二月号でスペンサーを引いて人心統一の論陣を張っている。「日和」での乱歩はまた、地元で開かれる講演会に参加し、名士にインタビューし、小学校学芸会を参観して記事をまとめ、カットや漫画までこなすという活躍を見せているが、同僚たちと童話口演等を行う鳥羽おとぎ倶楽部を結成したのもこれと連動する文化活動である。巌谷小波と久留島《くるしま》武彦の運動が全国に波及していた時代であり、津に来訪した巌谷を乱歩らが訪ねた会見記も「日和」の記事になった。日本の児童教育史において、おとぎ倶楽部は少年団運動の一母体とされるが、乱歩に即して言えば、子供たちへの語りかけはやがて少年探偵団シリーズの文体にも繋がっていくだろう。

小学校教師だった村山隆子（隆）と取材先で出合い文通を始めたのも、やがて知友となる岩田準一と知り合ったのも鳥羽時代である。孤独を愛して押し入れにこもったり、ドストエフスキーを耽読したりの一方で、同僚たちとの賑やかな活動の中心にいた乱歩だったが、大正八年一月には退職し、上京することとなる。

上京した乱歩は通、本堂家を継いだ敏男の二人の弟とともに古本屋三人書房を経営、やがてここに、乱歩に続いて鳥羽造船所を辞めた仲間井上勝喜、野崎三郎が加わり同居する。鳥羽時代以来の自由な文化活動の勢いは止まず、浅草オペラの田谷力三の後

大正7年、鳥羽造船所時代の乱歩。「日和」の編集者として活躍中の頃。
下／自筆の「三人書房」。『貼雑年譜』より。

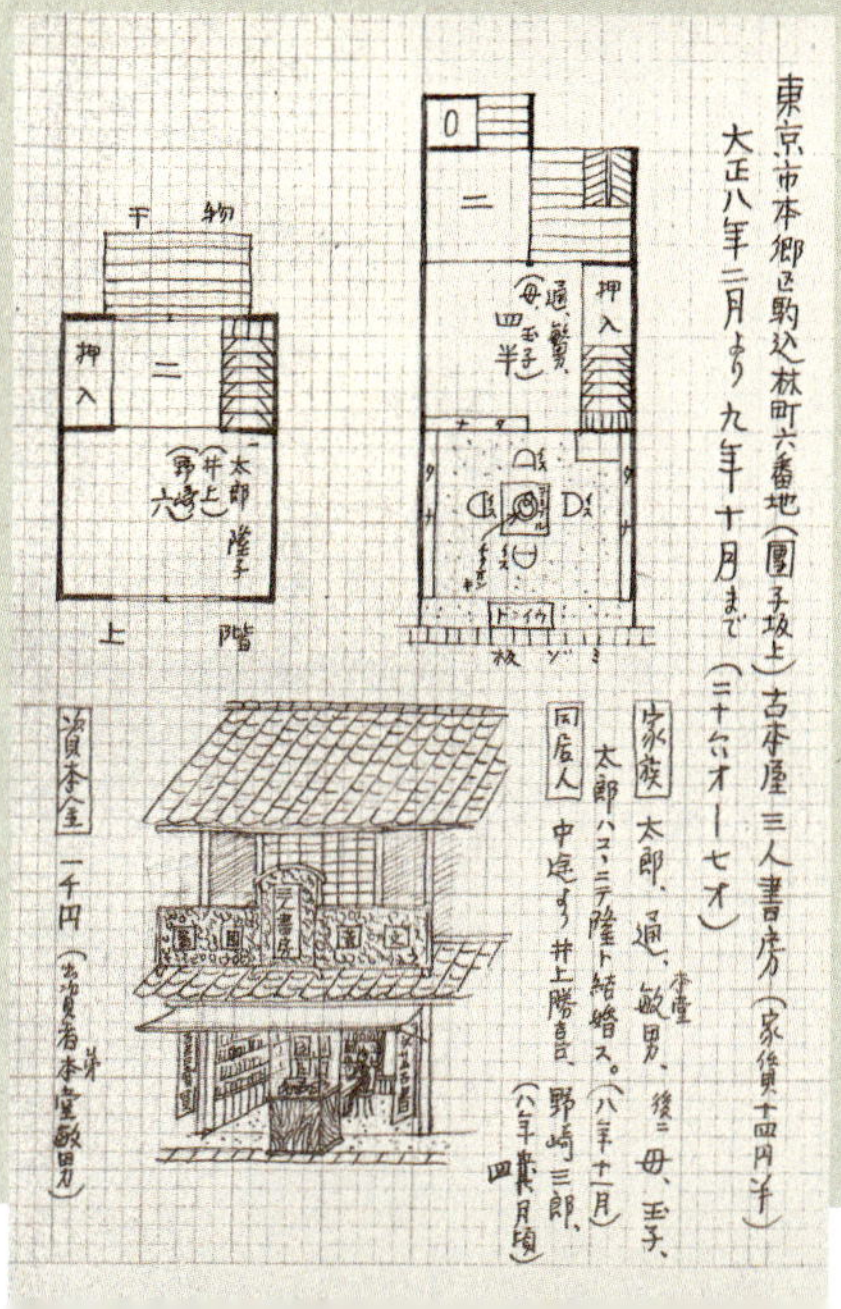

ラーメン屋台をひく自筆スケッチ。『貼雑年譜』より。

大正11年正月の乱歩、妻隆（左）、数え年2歳の長男隆太郎を抱いた隆の母（右）。

援会を組織して歌劇雑誌発行を計画したり、漫画雑誌「東京パック」の編集をしたり、探偵小説の筋書きを練って雑誌「グロテスク」刊行を計画したり、映画監督を志望して映画論をまとめたり、レコード音楽会を開いたり、と小銭稼ぎなのか道楽なのかわからない活動が続いた。独身主義を標榜する乱歩であったが、鳥羽の村山隆子の病気を聞き、大正八年に結婚。一〇年には長男隆太郎が生まれている。恋は誰もが罹る病気であって、社会的な対策が必要という論文「恋病」を「伊勢新聞」に発表したりもしているが、経済的困窮も極まって屋台のラーメン屋、東京市社会局吏員、大阪時事新報記者、日本工人倶楽部書記長、郊北化学研究所支配人、弁護士事務所手伝いなどさまざまな職を転々し、その中で書いた探偵小説が、やがて道を開くことになる。

4. デビュー——流行作家への道

江戸川乱歩のデビュー作となった「二銭銅貨」の筋書きが最初にまとめられたのは大正九（１９２０）年五月で、その時の筆名は「江戸川藍峯」であった。残っている資料から全体像は確定できないが、妻の回想スタイルは、新婚まもない乱歩夫妻を連想させるかもしれない。意外な結末の構想も読み取れず、やや古めかしい探偵小説の印象もある。ここから数年の間に、作品の発想は大きな飛躍を遂げるのである。

大正一一年九月に「二銭銅貨」「一枚の切符」を作品として書き上げた乱歩は原稿を「新青年」編集長森下雨村《うそん》に送る。「新青年」は乱歩が少年時代に読んでいた「冒険世界」の後継誌で、大正九年に海外雄飛を志す青年のために創刊された雑誌だが、わずかなうちに翻訳探偵小説を目玉としてコアな探偵小説ファンのつく雑誌となっていた。乱歩もそのコアなファンのうちの一人だったわけだが、原稿を一読した森下は、欧米の探偵小説に通じていた医学博士小酒《こさか》井《い》不木《ふぼく》に原稿を送ってその価値を確認し、雑誌の主軸を翻訳から創作探偵小説に一歩進める構想を練る。慎重な準備のもと、一二年四月号「新青年」は「探偵小説創作集」を謳い、不木の乱歩推薦文を添え、保《ほ》篠龍緒《しのたつお》、山下利三郎、松本泰の作品とともに「二銭銅貨」を掲載、創作探偵小説時代

右／デビュー作「二銭銅貨」が掲載された「新青年」大正12年4月増大号表紙。
中／大正13年、弟通の結婚式後の記念撮影。後列中央が乱歩。前列左から3人目が療養中の父。
左／「江戸川乱歩編輯当番第一輯」の大正14年9月号「探偵趣味」表紙。

の到来を演出した。

乱歩は関東大震災の前後、大阪毎日新聞社広告部に勤めていたが、「心理試験」を書き上げて作家専業を決意、大阪守口の家で喉頭癌の父の看病をしながら大正一四年前半には毎月「新青年」に短篇を発表した。以後「新青年」では新人に短篇の連続発表を課すのが通過儀礼となるが、その始まりである。

大正一四年九月に父繁男が没し、乱歩は翌年の一月に東京市牛込区筑土八幡町に転居し、本格的な文筆活動に入るが、その前の、大阪時代の一四年四月には大阪毎日新聞社会部の星野龍猪（筆名春日野緑）の呼びかけで、乱歩は神戸在住の西田政治や横溝正史らを誘い、探偵作家、愛好家の親睦を趣旨とする「探偵趣味の会」を結成した。また同じ頃、小酒井不木の誘いで大衆文学作家の親睦組織二十一日会にも加入している。デビュー早々に流行作家となった乱歩は、同時に探偵小説という新興文学運動の担い手として、ジャンルの進路に責任を持つ立場となった。大正一四年五月の前田河《まえだこう》広一郎《ひろいちろう》との論争ではプロレタリア文学との差異を論じ、探偵趣味の会の機関誌「探偵趣味」九月の創刊号編集を担当した際には会員に「探偵小説は芸術ではないか」というアンケートをとり、また二十一日会の同人誌「大衆文芸」においては翌一五年二月にジャンルの特異性を主張する「探偵小説は大衆文芸か」を寄稿している。隣接ジャンルとの距離を慎重に測っている趣である。

枠組み好き、整理癖と言えば、後年に探偵小説の定義分類を試みトリックの分類をする乱歩の性向とも言えるが、より本質的には、自分が何もので、何をしているのかを考えずにはいられない自らの資質によるものだったのであろう。だがその資質は、強烈な自意識を作動させもする。自作に対する諸家の目を意識し、それ以上に自分がその目になってしまう。大正一五年〜昭和二年の「一寸法師」は、後世においてさまざまの追随作も批評も出現した問題作だが、発表メディアは「二銭銅貨」の紳士盗賊が名刺の肩書きにも使用した「朝日新聞」で、百万部から二百万部に向かう全国展開の中、山本有三作品の中絶後を受けた長篇依頼であった。探偵小説愛好家とは限らない大量の読者を前に、探偵小説普及を意識していた乱歩は、自らの世界の古めかしさに耐えられず、作品完結とともに一旦創作の筆を断つ。

右／昭和5年春、鳥羽にて、乱歩（右から2人目）と岩田準一（左から2人目）。中・左／高田馬場駅近くに開業した下宿、緑館。宣伝用に撮影した外観写真と、それを使って乱歩がデザインした広告。

5. 放浪と再生——自分とは何ものか

昭和二（1927）年三月に休筆を宣言した乱歩は、早稲田大学正門前の下宿屋の権利を購入して妻に経営を任せ、自らは放浪の旅に出る。「何の意味もなく、ある山国の昔風のランプを使っている淋しい温泉に一月いて見たり、魚津へ蜃気楼を見に行って、その帰りに親不知子不知のみすぼらしい宿屋へ滞在して見たり、佐渡へ渡ろうとして渡船場でいやになって、一日新潟の町をうろついて見たり」といった様子がエッセイ「無駄話」（『創作探偵小説選集第三輯』昭和三年一月）に記され、その時の心境は「退屈」と表現されている。自らの世界が、旧套を脱し得ないところからくる退屈と言えようか。「無駄話」はさらに続き、関西で井上勝喜らと旧交を温め、名古屋で小酒井不木に合作組織耽綺社に誘われて次第に創作に向かう心境も記されるが、その旧套な世界を徹底して追究し、追究することで抹殺あるいは昇華させたのが昭和三年の夏に発表された「陰獣」であった。

その「陰獣」を、「懐しの乱歩！」と始まるキャッチコピーで全肯定したのが「新青年」編集長横溝正史である。作者と編集者の丁々発止で作品は大評判をとるが、これは乱歩の方向を決定した。翌昭和四年に発表されるのが、「芋虫」「孤島の鬼」「蟲」「押絵と旅する男」と続く、「自分は何ものか」を問う「懐しの」作品群なのである。人間への郷愁、セクシャリティの追究と言ってもよいだろう。

その追究には同伴者がいた。鳥羽時代に知り合った年少の友である岩田準一が乱歩を再訪したのは、大正一四年に文化学院に入って上京した時のことで、以来二人の親しい交際が始まる。岩田は乱歩作品の挿絵も描けば、耽綺社の会合でも書記を務めているが、「孤島の鬼」を書いた時には二人で舟に乗ったり散歩をしたり、寝ころんで話をしたりして日を過ごしていたという。以後も乱歩と岩田は同性愛文献蒐集の旅行を共にすることとなるが、セクシャリティが世界観上の問題である以上、その交友は世界に対する向き合い方に刺激を与えるも

初の全集、平凡社『江戸川乱歩全集』全13巻の別冊付録「探偵趣味」。第一号は岩田専太郎の黄金仮面、以降は竹中英太郎による意匠で、乱歩の連載小説を掲載するなど内容も付録の域を超えた豪華版。ちなみに第13巻の別冊付録は「犯罪図鑑」と題された小冊子で、犯罪や拷問具などの写真が掲載され、発禁処分となった。

のだったはずである。岩田が学究的に同性愛文献や民俗の研究に進むのに対し、以後の乱歩は一方で近世日本および古代ギリシャの同性愛文献の蒐集を続けながら、一方で通俗雑誌を舞台に大向こう受けする世界を量産することになる。通俗小説は乱歩にとって不本意なことであったが、文献蒐集と旅行の資金源にはなった。昭和六年には平凡社から初の『江戸川乱歩全集』が刊行され、大宣伝で評判をとったその全集が一区切りした昭和七年三月、乱歩は再び休筆を宣言、あらためて自己を探究することになる。

　記述が前後するが、乱歩は昭和三年、「陰獣」を書く前には早稲田の下宿屋の権利を売り、戸塚町の会社寮を購入して改築し、新たに下宿屋「緑館」を営んでいたが、昭和六年、下宿学生の争議が起こり廃業。七年六月には肋膜を病んでいた妹玉子（たま）を亡くす。八年四月には緑館を売却し芝区車町の土蔵付きの家に越したが、この家では交通の騒音に悩まされ、九年七月、池袋に転居。やはり土蔵の付いたこの家が、転居を繰り返してきた乱歩の終の棲家となる。

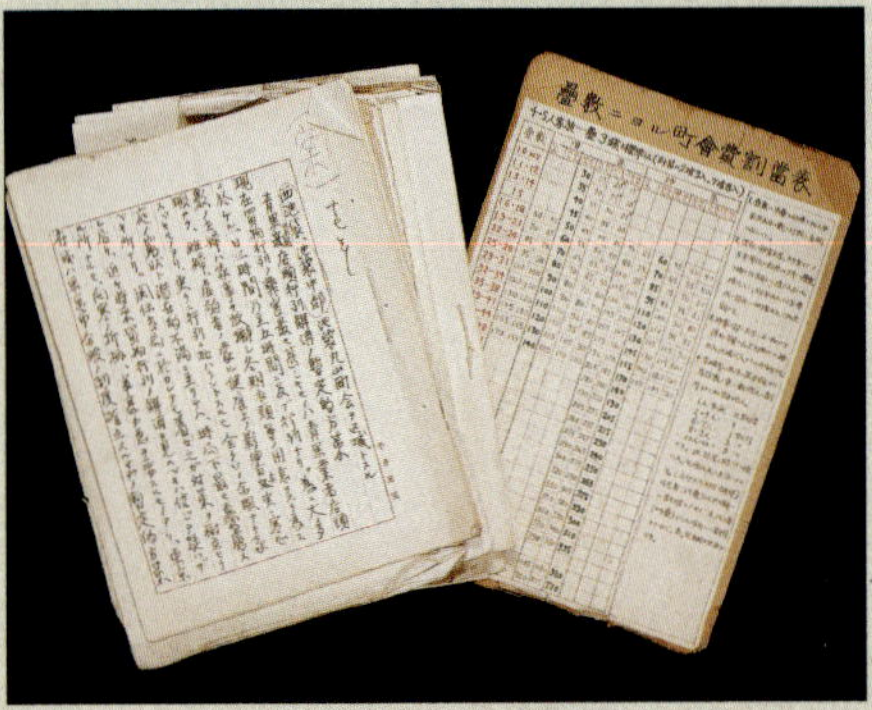

戦時中、町会役員を務めた時の資料類。

『貼雑年譜』全9冊。乱歩の自伝的資料を集成し自装したスクラップブック。

6. 少年探偵団と隣組——戦時下の決意

「心理試験」や「疑惑」の作者である乱歩は早くから精神分析にも関心を示していたが、昭和八（1933）年一月には大槻憲二の精神分析研究会に参加、その機関誌に五月から「J・A・シモンズのひそかなる情熱」を連載する。シモンズ研究は以後も続き、折からの文芸復興ブームを背景に、乱歩はジイドやニーチェの読書に埋没する。そこには乱歩の自己探求が重ねられ、やがて自伝的創作「彼」を生むことになる。同時期に書かれた「黒蜥蜴」「人間豹」などにもセクシャルなマイノリティの矜持と悲しみが漂うが、特記すべきはやはり「怪人二十面相」のシリーズであろう。大人気を呼ぶ師弟愛のユートピアには、乱歩のギリシャ研究の成果が読み取れる。後に「サーカス」を書き、「黒蜥蜴」の脚本を書く三島由紀夫はその正確な理解者であったと言えよう。

昭和八年に始まる文芸復興の季節は、小栗虫太郎や木々高太郎、久生十蘭など新鮮な才能が登場した所謂探偵小説第二の山でもあった。乱歩は創作とは別に春秋社『日本探偵小説傑作集』の序文にあたる「日本の探偵小説」や評論「鬼の言葉」の連載など、多様な作品に対する俯瞰的な目配りの利いた解説によって、探偵小説壇における自らの地位を構築してゆく。

だが、昭和一二年の盧溝橋事件以降、日本は急速に戦時体制に向かい、探偵小説の発表可能な媒体は減ってゆく。昭和一四年には警視庁検閲課から短篇集『鏡地獄』中の「芋虫」の全面削除を命ぜられ、乱歩は「隠栖を決意」して昭和一六年には自身の生涯をまとめた家蔵スクラップ帳『貼雑年譜』を編集する。ただし乱歩の場合、創作

右／戦中の栄養失調ですっかりやつれてしまった乱歩。左／昭和22年11月、岡山に疎開していた横溝正史を訪ねた折の写真。左端が乱歩。座っているのが横溝。

からの撤退は、早くから検討されてきた選択肢であった。もとより戦争が好機だったなどとは全く言えないが、機に臨んで変に応じるだけの蓄積と洞察があったのは、恐らく幸いであったろう。少年向け科学小説「智恵の一太郎」シリーズや防諜長篇小説「偉大なる夢」など、戦時下にあっても創作がまったく途絶えたわけではなく、また時間ができたことで、昭和一八年には名古屋の井上良夫との文通で英米探偵小説をめぐる長大な議論を行ったりもしている。

昭和一六年以降は、隣組常会に出席するようになり、防空群長から町会部長、やがて副会長となる。町会長は初め陸軍少将の安達克己、安達の南方赴任後は乱歩が口説いて代議士の小笠原三九郎が務めた。町会の仕事をていねいにこなす一方で、探偵小説作家としても海軍報道部との交流組織（くろがね会）などに出席し、海軍兵学校の卒業式見学、全国各地の生産現場の慰問や見学、軍人や官僚との座談会や講演などにも積極的に参加した。また自宅の庭には芋や南瓜を植え、防空壕と水の備蓄のための池を掘り、金属供出ではかつて講談社から寄贈された砲金製の黄金仮面なども出している。昭和二〇年四月には家族を福島に疎開させた後に、一三日の大空襲で周囲の家が焼け野原となったが、附近の住民の尽力で乱歩邸は焼け残った。しばらくは多くの罹災家族と住み、六月に書籍搬送とともに自身も福島に疎開する。乱歩にとっての戦時は、文学者として各界名士と親交を持ち、また文学を越えて各社会各階層の人々と触れあった時代でもあった。

7. 戦後の歩み——生涯を見はるかす

乱歩は栄養失調により病臥して終戦を迎えたが、家族も無事、空襲にも家は残り、昭和二〇（１９４５）年一一月には帰京、さっそく探偵小説関係の諸活動に関わることとなる。二一年三月の「ロック」、四月の「宝石」を皮切りに探偵小説雑誌の創刊が相次ぎ、ことに戦後の探偵小説の牙城となる「宝石」では新人賞の審査員を務め、言わば社外の相談役の位置にあった。後には直接編集経営に携わるようになる。また同じ二一年六月には探偵作家、愛好家の研究、親睦を旨とする探偵小説土曜会の第一

上／昭和24年、土蔵の中で、雑誌「少年」読者に操り人形を見せる乱歩。
下／昭和32年1月、ラジオの公開放送に出演した際のスナップ。

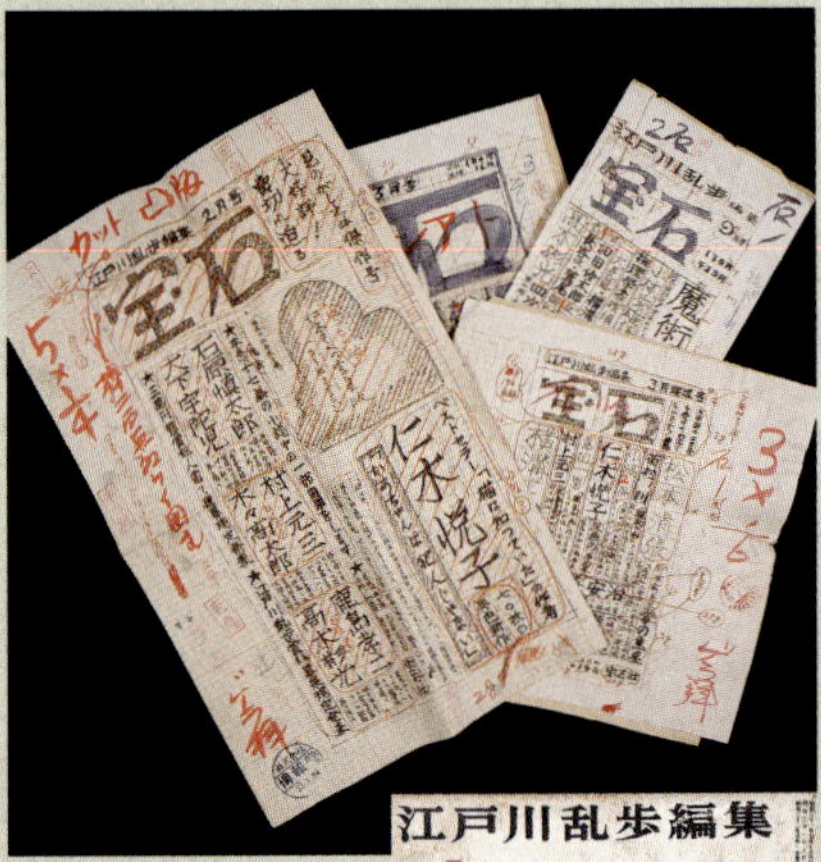

乱歩編集開始号である昭和32年8月号「宝石」と新聞広告デザイン。

回の例会を開き、翌年これを母体とする探偵作家クラブの初代会長となる。今日の日本推理作家協会の前身組織である。その探偵作家クラブの主催で、一〇月には物故探偵作家の慰霊祭が行われ、乱歩は講演と文士芝居に出演、翌一一月八日から二二日まで、名古屋、神戸、岡山、京都、伊勢をまわって探偵小説をめぐる講演会、座談会、親睦会をこなす。まことに精力的な活動ぶりで、まとめると、先人を追悼し、組織を固め、メディアを作り、後進を発掘し、社会に発信する、ということすべてに、戦後一、二年で道筋を付けていたのである。

さらに、二四年の「青銅の魔人」を皮切りとする少年探偵小説は、やがてラジオドラマにもなり、小説は少女向け、各年齢層向けのものが並行するようになる。「宝石」等に連載していた評論エッセイをまとめ、目録類など充実した付録を加えて昭和二六年『幻影城』（岩谷書店）を刊行。また二八年に刊行が始まる早川書房のポケットミステリは、当初全巻乱歩の解説であった。二九年には大々的に還暦祝いが催され、席上にて江戸川乱歩賞の創設、また新作長篇を公約し、翌年にかけて「化人幻戯」を執筆する。再びまとめると、戦後十年の乱歩

昭和29年10月の還暦祝賀会で日本探偵作家クラブから贈られた緋色のジャンパーとベレー帽。同年11月には「別冊宝石」江戸川乱歩還暦記念号が出版された。

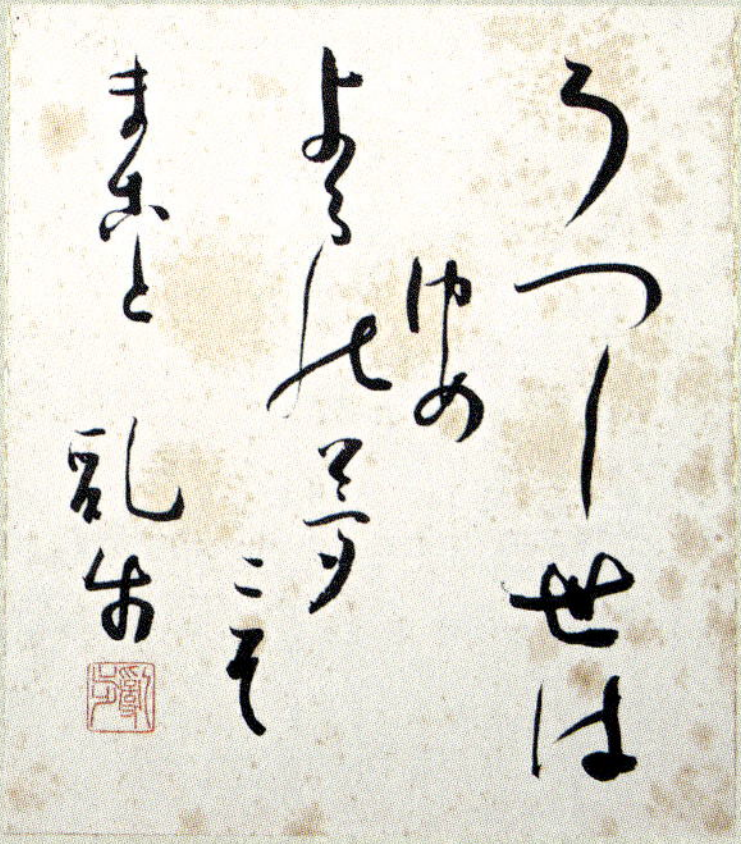

右／江戸川乱歩賞本賞に贈られたホームズ像（現在は江戸川乱歩像）。
左／色紙に好んで書いた言葉は「うつし世はゆめ　よるの夢こそまこと」。

は、若い読者を探偵小説に誘い、海外の情報を紹介し、批評と研究の基礎を据え、新人に登竜門を与え、非活字メディアとも連携し、そして何より、還暦まで現役で執筆を続けた、ということになる。

　堂々たる名士となった乱歩は、昭和二七年にはかつての恩人である川崎克の子息秀二の選挙応援で三重に行き、土地の人の案内で初めて生誕地の名張町を訪れている。また還暦祝いの後の二九年秋には伊東温泉滞在時に平井家の先祖の寺を発見する。生涯を見はるかす時期にさしかかったということであろうか。若い頃から蓄膿症などの病気に悩まされ、昭和三年の扁桃腺摘出以来、鼻茸切除、蓄膿症手術などを受けてきた乱歩であったが、三三年暮からは高血圧に悩むようになり、三五年には蓄膿症の再手術を受ける。そして、三六年にはさまざまなメディアに書き継いできた探偵小説史の集大成である『探偵小説四十年』、また同年から三八年にかけて、自ら校訂を施した『江戸川乱歩全集』全一八巻（桃源社）を刊行する。最後まで明晰に生涯のデザインをした乱歩は、昭和四〇年七月二八日、脳出血により七〇年の見事な生涯を閉じた。

（はまだ・ゆうすけ　成蹊大学文学部教授）

戦前編

乱歩をめぐる人々やその関係、主な出来事を図解してみました。

作成・鬼頭与侍子

影響を受けた作家

●様々な職業遍歴時代

谷崎潤一郎《たにざきじゅんいちろう》
「金色の死」

佐藤春夫《さとうはるお》

宇野浩二《うのこうじ》

ドストエフスキー

●幼少～苦学生時代

菊池幽芳《きくちゆうほう》・訳
「秘中の秘」

黒岩涙香《くろいわるいこう》
「幽霊塔」

エドガー・アラン・ポー

コナン・ドイル

押川春浪《おしかわしゅんろう》

処女作「火縄銃」（大正4年）

江戸川乱歩《えどがわらんぽ》

明治27（1894）年～昭和40（1965）年

「二銭銅貨」
「一枚の切符」
（大正11年）

いきなり送りつける → 英文学者・評論家・詩人 馬場孤蝶《ばばこちょう》
読んでもらえず

送る　◎絶賛

デビュー（大正12年）

◎ 絶賛　推薦文 ← 医学者・探偵作家 小酒井不木《こさかいふぼく》

両者から職業作家の勧め

「新青年」創刊（大正9年）

●探偵作家

角田喜久雄《つのだきくお》

甲賀三郎《こうがさぶろう》

大下宇陀児《おおしたうだる》

海野十三《うんのじゅうざ》

渡辺温《わたなべおん》

渡辺啓助《わたなべけいすけ》

牧逸馬《まきいつま》

大阪圭吉《おおさかけいきち》

●編集長

初代
森下雨村《もりしたうそん》

↓

二代
横溝正史《よこみぞせいし》

↓

三代
延原謙《のぶはらけん》

↓

四代
水谷準《みずたにじゅん》

●批評家

平林初之輔《ひらばやしはつのすけ》
その後のスランプを予言

日本探偵小説
第1の隆盛期（大正末期）

「D坂の殺人事件」
「心理試験」
（大正14年）

明智小五郎《あけちこごろう》 誕生

↑モデル

講釈師
神田伯龍《かんだはくりゅう》（五代目）

乱歩が勧誘

「探偵趣味の会」結成
（大正14年）

大阪毎日新聞 社会部
春日野緑《かすがのみどり》

原稿依頼
「人間椅子」
（大正14年）
「苦楽」読者投票
第1位

「苦楽」編集長
川口松太郎《かわぐちまつたろう》

図解・乱歩

結婚（大正8年）

妻・隆《りゅう》

早大正門前の下宿屋
「筑陽館」開業
（昭和2年3月）

経営を妻に任せて
放浪の旅へ

作家専念のため一家で上京するも…
（大正15年）

スランプ

全集・作品集・円本で
印税収入

戸塚町に転居
「緑館」開業
（昭和3年4月）

復活

「陰獣」大評判！
（「新青年」昭和3年8月号）

平凡社より初の
『江戸川乱歩全集』
（昭和6年5月）

下宿廃業（昭和6年11月）

〈休筆〉

池袋三丁目へ転居
（昭和9年）

少年物の連載開始
怪人二十面相　誕生
「少年倶楽部」（昭和11年）
挿絵　梁川剛一《やながわごういち》

合作組合「耽綺社」参加
（昭和2年秋）

小酒井不木《こさかいふぼく》
国枝史郎《くにえだしろう》
長谷川伸《はせがわしん》　他

不木、書かない乱歩を心配

不木死去で解散（昭和4年）

日本探偵小説 第2の隆盛期（昭和8〜12年）

木々高太郎《きぎたかたろう》
「人生の阿呆」
第4回直木賞受賞（昭和12年）

夢野久作《ゆめのきゅうさく》
「ドグラ・マグラ」

小栗虫太郎《おぐりむしたろう》
「黒死館殺人事件」

久生十蘭《ひさおじゅうらん》
「魔都」

挿絵画家

竹中英太郎《たけなかえいたろう》
松野一夫《まつのかずお》
岩田専太郎《いわたせんたろう》

探偵寸劇に出演
（大正15年9月）

仕掛人

鳥羽以来の親友
本位田準一《ほんいでんじゅんいち》
この後、博文館編集部へ

同性愛研究

岩田準一《いわたじゅんいち》
浜尾四郎《はまおしろう》
稲垣足穂《いながきたるほ》

紹介　緑館へ連れて行く

萩原朔太郎《はぎわらさくたろう》

精神分析研究会
（昭和8年）

大槻憲二《おおつきけんじ》

J. A.シモンズの研究

創作を離れて
研究、評論、編纂

戦争の足音

「芋虫」発禁（昭和14年）
〜隠栖を決意

『貼雑年譜』製作（昭和16年）

科学スパイ小説
「偉大なる夢」（昭和18年）

福島に疎開（昭和20年）

戦後編

「土曜会」始まる
（昭和21年）

出版社の
2階を借りて

『宝石』創刊
（昭和21年）

編集長
城《じょう》昌幸《まさゆき》

横溝正史《よこみぞせいし》
「本陣殺人事件」
連載始まる

「宝石」
第1回探偵小説募集

探偵作家クラブ
結成
（昭和22年）

初代会長
江戸川乱歩《えどがわらんぽ》

斯界の指導者、
組織者として活躍
新人を発掘

探偵作家クラブ賞創設
（昭和23年〜）

第1回長編賞受賞
第2回長編賞
坂口安吾《さかぐちあんご》
「不連続殺人事件」

香山滋《かやましげる》
山田風太郎《やまだふうたろう》
島田一男《しまだかずお》
高木彬光《たかぎあきみつ》
大坪砂男《おおつぼすなお》

乱歩
命名
「戦後派五人男」

日本探偵小説
第3の隆盛期
（昭和23〜24年）

少年物の執筆再開
（昭和24年）

評論集『幻影城』刊行
（昭和26年）

ベテランも活躍
角田喜久雄《つのだきくお》
水谷準《みずたにじゅん》
延原謙《のぶはらけん》

土屋隆夫《つちやたかお》
日影丈吉《ひかげじょうきち》
鮎川哲也《あゆかわてつや》

「宝石」
百万円懸賞コンクール
（昭和24年）

NHKラジオ
「二十の扉」に出演
（昭和28年）

「怪人二十面相」
ラジオドラマ、映画に登場！
（昭和29年）

「少年探偵団シリーズ」
大人気！

探偵作家クラブ会長辞任
（昭和27年）

二代
大下宇陀児《おおしたうだる》
↓
三代
木々高太郎《きぎたかたろう》
↓
四代
渡辺啓助《わたなべけいすけ》

捕物作家クラブにも
参加
（昭和24年）

会長
野村胡堂《のむらこどう》

黒岩涙香記念祭
（昭和29年）
探偵作家クラブと
文士劇を共催

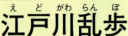

図解・乱歩

日本推理小説
第4の隆盛期
（昭和32年頃〜）

棟《むな》方《かた》志《し》功《こう》 の表紙絵

テコ入れ！

「宝石」の編集
（昭和32年8月号〜）
主な執筆者

星《ほし》新《しん》一《いち》
大《おお》藪《やぶ》春《はる》彦《ひこ》
佐《さ》野《の》洋《よう》
樹《き》下《のした》太《た》郎《ろう》
戸《と》板《いた》康《やす》二《じ》
黒《くろ》岩《いわ》重《じゅう》吾《ご》
結《ゆう》城《き》昌《しょう》治《じ》
筒《つつ》井《い》康《やす》隆《たか》
澁《しぶ》澤《さわ》龍《たつ》彦《ひこ》

座談会・対談を企画
芥《あくた》川《がわ》比《ひ》呂《ろ》志《し》
三《み》島《しま》由《ゆ》紀《き》夫《お》

明智小五郎役を初演
（昭和37年）

戯曲化
（昭和36年）

「黒蜥蜴」

代表作（昭和43年〜）

丸《まる》山《やま》（美《み》輪《わ》）明《あき》宏《ひろ》

丸山が16歳の時、
乱歩に紹介

十七代目
中《なか》村《むら》勘《かん》三《ざぶ》郎《ろう》

原稿依頼

一般文壇から
松《まつ》本《もと》清《せい》張《ちょう》
有《あり》馬《ま》頼《より》義《ちか》
福《ふく》永《なが》武《たけ》彦《ひこ》
水《みず》上《かみ》勉《つとむ》

還暦祝賀会
（昭和29年）

「江戸川乱歩賞」創設を発表
主な受賞者・候補者

中《なか》島《じま》河《かわ》太《た》郎《ろう》
仁《に》木《き》悦《えつ》子《こ》
飛《あ》鳥《すか》高《たかし》
多《た》岐《き》川《がわ》恭《きょう》
新《しん》章《しょう》文《ふみ》子《こ》
笹《ささ》沢《ざわ》左《さ》保《ほ》
陳《ちん》舜《しゅん》臣《しん》
戸《と》川《がわ》昌《まさ》子《こ》
佐《さ》賀《が》潜《せん》
天《てん》藤《どう》真《しん》
中《なか》井《い》英《ひで》夫《お》
藤《ふじ》村《むら》正《しょう》太《た》

紫綬褒章受章
（昭和36年）

社団法人
日本推理作家協会
初代理事長
（昭和38年）

昭和40年7月28日
自宅にて死去
日本推理作家協会葬

海外ミステリの紹介
「ポケット・ミステリ」（早川書房）
「世界推理小説全集」（東京創元社）

乱歩短編集の英訳
（昭和31年）

海外との交流
ヒッチコック、エラリー・クイーン
ジョルジュ・シムノン

長編小説執筆
（昭和30年）

「化人幻戯」「影男」
「十字路」

「ヒッチコック・マガジン」日本版創刊 （昭和34年）
編集長
小《こ》林《ばやし》信《のぶ》彦《ひこ》

江戸川乱歩略年譜

※新潮日本文学アルバム『江戸川乱歩』鈴木貞美筆略年譜をもとに作成した。

明治27（1894）年
10月21日、父・平井繁男、母・きくの長男として三重県名賀郡名張町に生まれる。本名太郎。父は藤堂藩士族の末裔で関西法律学校（現・関西大学）の第一回卒業生。太郎誕生時は名賀郡役所書記を務めていた。太郎は祖母・和佐に可愛がられて育つ。弟妹は、次男・金次（夭折）、三男・通、四男・敏男、長女・あさ（夭折）、次女・たま。

明治30（1897）年　3歳
名古屋市園井町に転居。

明治34（1901）年　7歳
名古屋市立白川尋常小学校入学。

明治36（1903）年　9歳
この頃、巌谷小波の『世界お伽噺』に読み耽る。大阪毎日新聞連載中の菊池幽芳訳「秘中の秘」を母に読み聞かせてもらっていた。

明治38（1905）年　11歳
名古屋市立第三高等小学校入学。

明治40（1907）年　13歳
愛知県立第五中学（現・瑞陵高校）入学（第一回生）。黒岩涙香「幽霊塔」に感激、夏目漱石、幸田露伴、泉鏡花などの作品を読み始める。

明治41（1908）年　14歳
父が平井商店を創業。太郎、活字を購入し、雑誌作りにいそしむ。

明治45・大正元（1912）年　18歳
3月、中学卒業。6月、平井商店が破産し、一家で朝鮮馬山へ。9月、早稲田大学予科2年編入。本郷区湯島天神下の印刷所に住み込み、写字などのアルバイトをしながら通学。12月、小石川区春日町に転居。

大正2（1913）年　19歳
9月、早稲田大学大学部政治経済学科に進学。

大正3（1914）年　20歳
学友と回覧雑誌「白虹」を作る。ポーやドイルなど短編探偵小説の面白さを知る。

大正4（1915）年　21歳
探偵小説の覚え書きを手製本『奇譚』に仕立てる。処女作「火縄銃」執筆。

大正5（1916）年	22歳	8月、早稲田大学卒業。大阪市西区の貿易会社、加藤洋行に就職。
大正6（1917）年	23歳	5月、伊豆の温泉場を放浪。谷崎潤一郎「金色の死」に感動。大阪に移転していた父の元に身を寄せてタイプライター販売に従事。「火星の運河」執筆。11月、鳥羽造船所電機部に就職。
大正7（1918）年	24歳	鳥羽造船所の機関誌編集に従事。ドストエフスキーに傾倒。地元との融和事業の一環で鳥羽おとぎ倶楽部を結成し、離島を巡る。坂手島の娘、村山隆と知り合う。
大正8（1919）年	25歳	1月、鳥羽造船所を退職し上京。本郷区駒込の団子坂に次弟、末弟と共同で古本屋、三人書房を開業。かたわら田谷力三後援会を主宰、漫画雑誌「東京パック」編集長を務める。店は不振で屋台のラーメン屋も試みた。冬、村山隆と結婚。
大正9（1920）年	26歳	2月、東京市社会局に就職。漫画雑誌に漫画を寄稿。江戸川藍峯の筆名で「石塊《いしころ》の秘密」に着手。 7月、退職し、大阪に転居。大阪時事新報記者になる。
大正10（1921）年	27歳	2月、長男・隆太郎誕生。4月、上京して日本工人倶楽部書記長に。
大正11（1922）年	28歳	勤務のかたわら、ポマード製造会社の支配人を兼務。7月、退職し、大阪の父の家に一家で身を寄せ、「二銭銅貨」「一枚の切符」を書く。馬場孤蝶に原稿を送るが反応なし。「新青年」編集長森下雨村に送付。弁護士事務所に勤務。
大正12（1923）年	29歳	「新青年」4月増大号に「二銭銅貨」が掲載され、小酒井不木の推薦文付きでデビュー。同誌7月号に「一枚の切符」掲載。大阪毎日新聞社広告部に就職。
大正13（1924）年	30歳	関東大震災で大阪に避難してきた家元に付いて河東節を習う。「新青年」に短編を次々に発表、専業作家を決意し、大阪毎日新聞社を退職。
大正14（1925）年	31歳	「D坂の殺人事件」「心理試験」「屋根裏の散歩者」などを「新青年」に発表。4月、大阪で横溝正史らと探偵趣味の会を結成。「苦楽」10月号に「人間椅子」発表、「探偵趣味」創刊号を編集。9月、父・繁男死去。「大衆文芸」創刊。
大正15・昭和元（1926）年	32歳	1月、牛込区筑土八幡町に転居。12月、朝日新聞に「一寸法師」連載開始。
昭和2（1927）年	33歳	自身の作風を嫌悪し、筆を断って放浪の旅に出る。大衆文芸合作組合・耽綺社を結成。
昭和3（1928）年	34歳	牛込区戸塚町に下宿・緑館を開業。「陰獣」を「新青年」に連載（3回）、人気を博す。
昭和4（1929）年	35歳	小酒井不木死去、『小酒井不木全集』刊行に尽力。「講談倶楽部」に「蜘蛛男」連載。内外の同性愛文献の蒐集に着手。

昭和5（1930）年	36歳	「新青年」に耽綺社の合作「江川蘭子」の連載開始。流行作家としての人気高まる。
昭和6（1931）年	37歳	平凡社より『江戸川乱歩全集』全13巻刊行開始。エスペラント語訳『黄金仮面』刊行。下宿・緑館廃業。
昭和7（1932）年	38歳	3月、休筆し各地を旅行。6月、妹・たま死去。
昭和9（1934）年	40歳	「日の出」で「黒蜥蜴」を連載。7月、池袋三丁目に転居。
昭和10（1935）年	41歳	『乱歩傑作選集』全12巻を平凡社より刊行。蓄膿症を手術。
昭和11（1936）年	42歳	「少年倶楽部」で「怪人二十面相」を連載。評論集『鬼の言葉』を春秋社より刊行。
昭和12（1937）年	43歳	日中戦争始まる。
昭和14（1939）年	45歳	「芋虫」が反戦的との理由で、春陽堂日本小説文庫『鏡地獄』から削除される。隠栖を決意。
昭和16（1941）年	47歳	旧作がすべて絶版となり無収入に。『貼雑年譜』の作成に着手。太平洋戦争始まる。
昭和17（1942）年	48歳	「少年倶楽部」に小松龍之介の筆名で「智恵の一太郎」を連載。池袋北町会副会長になる。
昭和20（1945）年	51歳	4月、家族が福島に疎開。空襲で自宅の火災を消し止める。栄養失調となり、6月に疎開先に移る。8月敗戦。11月、帰京。
昭和21（1946）年	52歳	探偵作家の懇親会、土曜会を創設。戦前版の復刻刊行が盛んとなる。
昭和22（1947）年	53歳	探偵作家クラブ創設、初代会長に。会報の刊行開始。各地で探偵小説について講演する。
昭和24（1949）年	55歳	「少年」に「青銅の魔人」連載。
昭和26（1951）年	57歳	岩谷書店より評論集『幻影城』刊行。文藝春秋主催の文士劇に出演。
昭和27（1952）年	58歳	探偵作家クラブ名誉会長に。アメリカ軍機関紙「星条旗」に明智小五郎が日本のホームズと紹介される。
昭和29（1954）年	60歳	10月、還暦祝賀会が開かれる。江戸川乱歩賞を創設。岩谷書店より『探偵小説三十年』刊行。11月、「別冊宝石」還暦記念号で「化人幻戯」連載開始。春陽堂より『江戸川乱歩全集』全16巻刊行開始。
昭和30（1955）年	61歳	「影男」「十字路」を執筆。
昭和32（1957）年	63歳	8月号より「宝石」編集責任者に。
昭和36（1961）年	67歳	桃源社より『探偵小説四十年』刊行、『江戸川乱歩全集』全18巻刊行開始。紫綬褒章受章。
昭和38（1963）年	69歳	社団法人日本推理作家協会創設、初代理事長に。
昭和40（1965）年		7月28日、脳出血で死去。法名は自選した「智勝院幻城乱歩居士」。墓所は浄明院（三重県津市）、多磨霊園、日本文藝家協会の冨士霊園（静岡県小山町）にある。

お勢登場

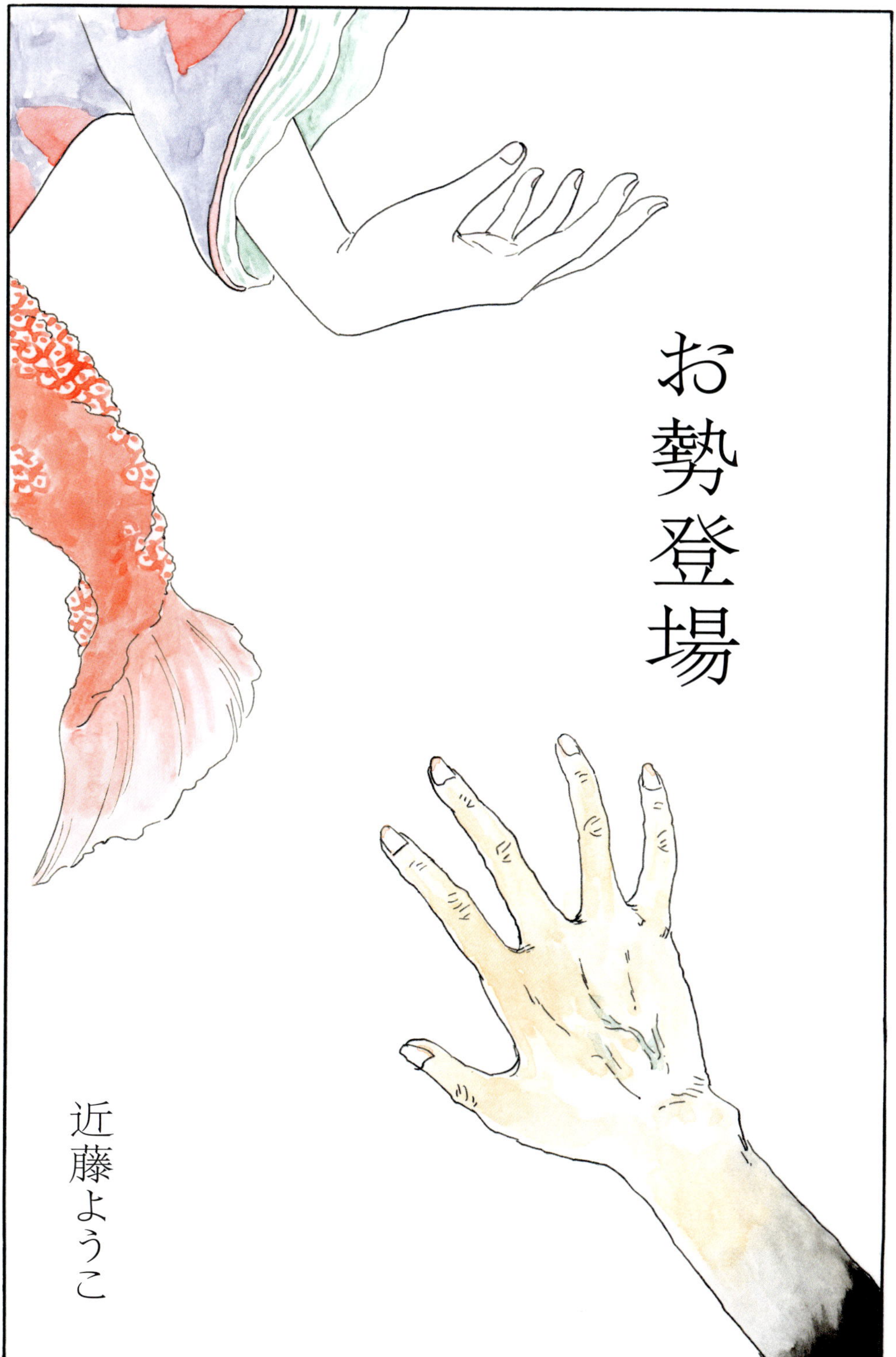

近藤ようこ

今日も
おいてけぼりか
……

ごほっ
ごほっ
だって
しかたない
じゃありま
せんか
里の父が
寝たきり
なんですから
見舞いに
行くのは
あたりまえ
でしょう
里に帰るのに
そんな
お化粧は…
え？
なにか
おっしゃって
？
いや…
べつに…
じゃあ
！
行って
きますわ！

行って いらっしゃい ませ
なぜ 兄さんは そうなんだ ろう
この頃は 三日にあげず なんでしょう
僕だったら とっくに 離縁にして るんだがな

どうせ相手の男は文なしの書生っぽに決まっている
離縁されたら姉さんはたちまち暮らしに困るだろう
でもあんな人に憐みをかける所があるんだろうか
俺だっておせいと別れようと思ったことはあるさ
でも…
子供のことを考えるとね俺の寿命も一年もつか二年もつか
それで母親までなくしてはあんまり正一がかわいそうだ
まあもうちっと我慢してみるつもりだ
そのうちおせいだって考え直す時が来るだろうよ
は〜…
女房に云いたいことも云わないでいる俺はいじらしいな…

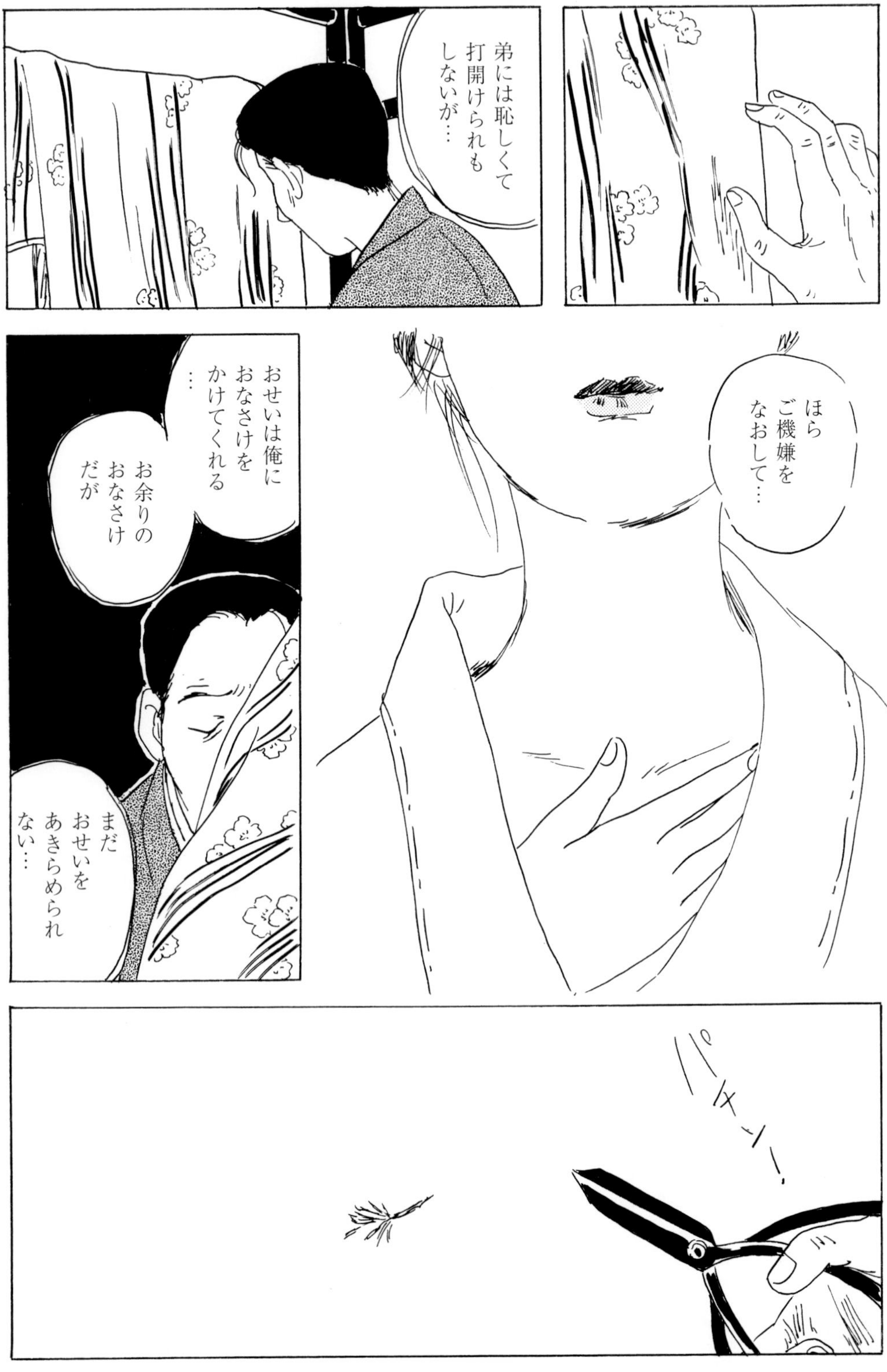
弟には恥しくて打開けられもしないが…
ほら ご機嫌をなおして…
おせいは俺におなさけをかけてくれる…
お余りのおなさけだが
まだおせいをあきらめられない…
パチーン！

あの…おひるの用意ができたのですが
もうちっと後になさいますか
ああ！もうそんな時分かい
すっかり夢中になっていたよ
じゃあおひるとしようか
坊やを呼んでくるといい
はい
今日はごちそうだねパパ！
うん
女中達の心づくしか…

…
ママ
どこへ
行ったの
おじいちゃま
の所へ
いらっしゃい
ましたの
フン…
がふ、
がふ
パパ
お友達を
呼んできても
いい？
ああ
おとなしく
遊ぶんだよ
嬉しい
嬉しい！
バタバタ…
きゃ〜
まて〜っ

ガラガラ
アッ　おじさんがいらあ
よし　今日はパパが面白いお噺をしてやろう
やあ　嬉しい！　パパはお噺が上手なんだよ！
子供はいい　大人の客のように　俺の病気を　気にしない
今度は　隠れん坊を　しようか
おじさんも　入るのだよ
ウン　隠れん坊が　いいや！
もう　いいかー
まあだ　だよ！

今日は檀那様がやけにはしゃいでいらっしゃるね
かえってお気の毒な…
大吉ちゃんめっけたー
ガラ…
パタン…
正一ちゃんめっけた
ワーッ
おじさんどこへ隠れたんだろう
おじさあんもう出ておいでよ
ウフフ
パパはきっと押入れの中にいるよ
おっと

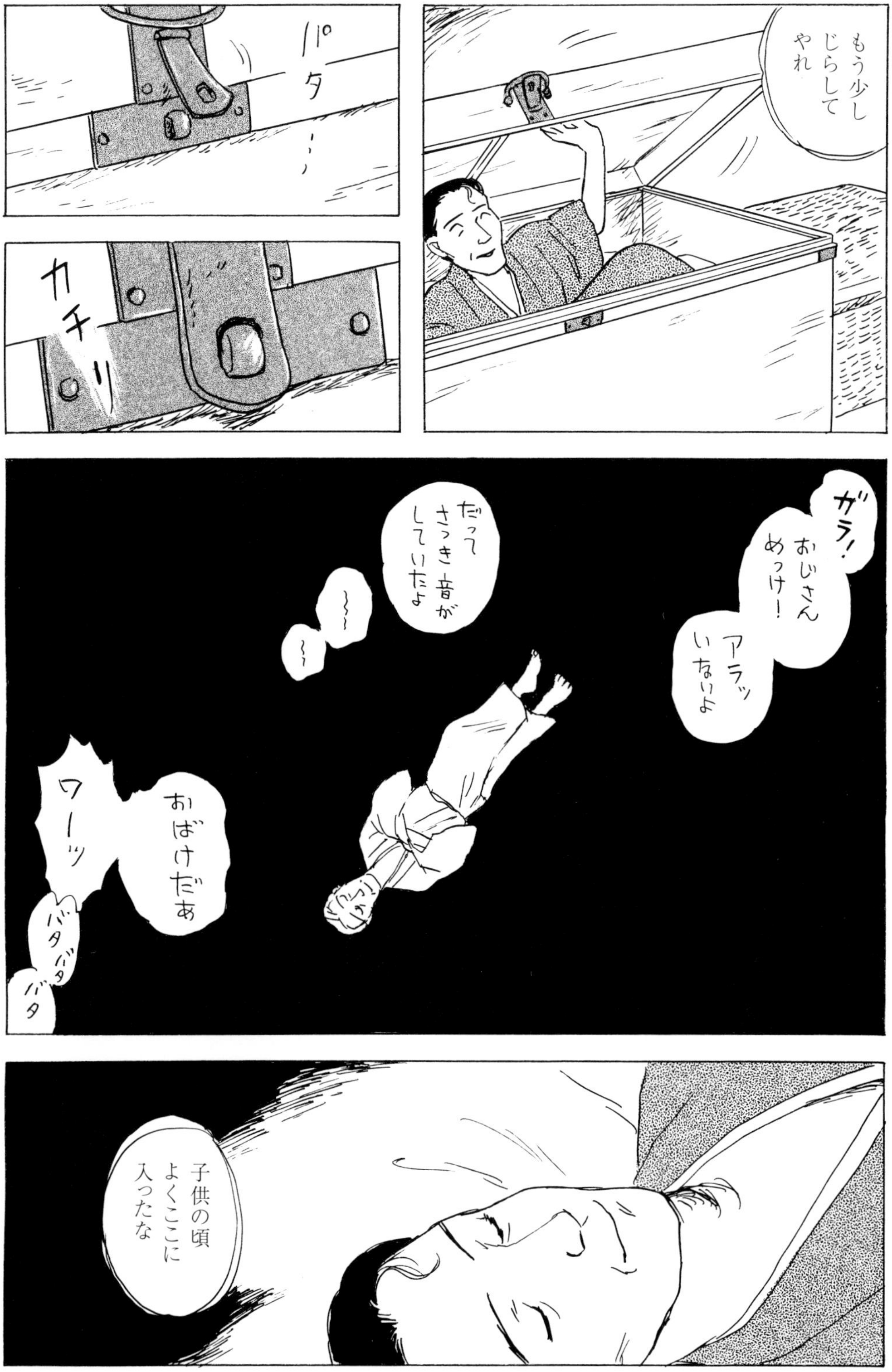
もう少しじらしてやれ
パタ…！
カチリ
ガラ！
おじさんめっけ！
アラッいないよ
だってさっき音がしていたよ
ワーッ
おばけだあ
バタバタバタ
子供の頃よくここに入ったな

この長持は母さんの嫁入り道具だった
母さん舟だよ
母さん…
表へ行って遊ばない？
つまんないなあ
パパちゃーん…
どれ飛び出してウンと驚かせてやろう
きしっ
ガチ
ガチ
!!

ドン
ドン
閉じ込められた！
おい！正一！正一！
お竹！お米！誰か！
ダン
ダン
ダン

ひゅへ
息が苦しい
──
ドン
ドン
こんな
死に方は
いやだ
ドンドン
誰かが
気づいて
くれれば…
まあ
檀那様ったら
はは…

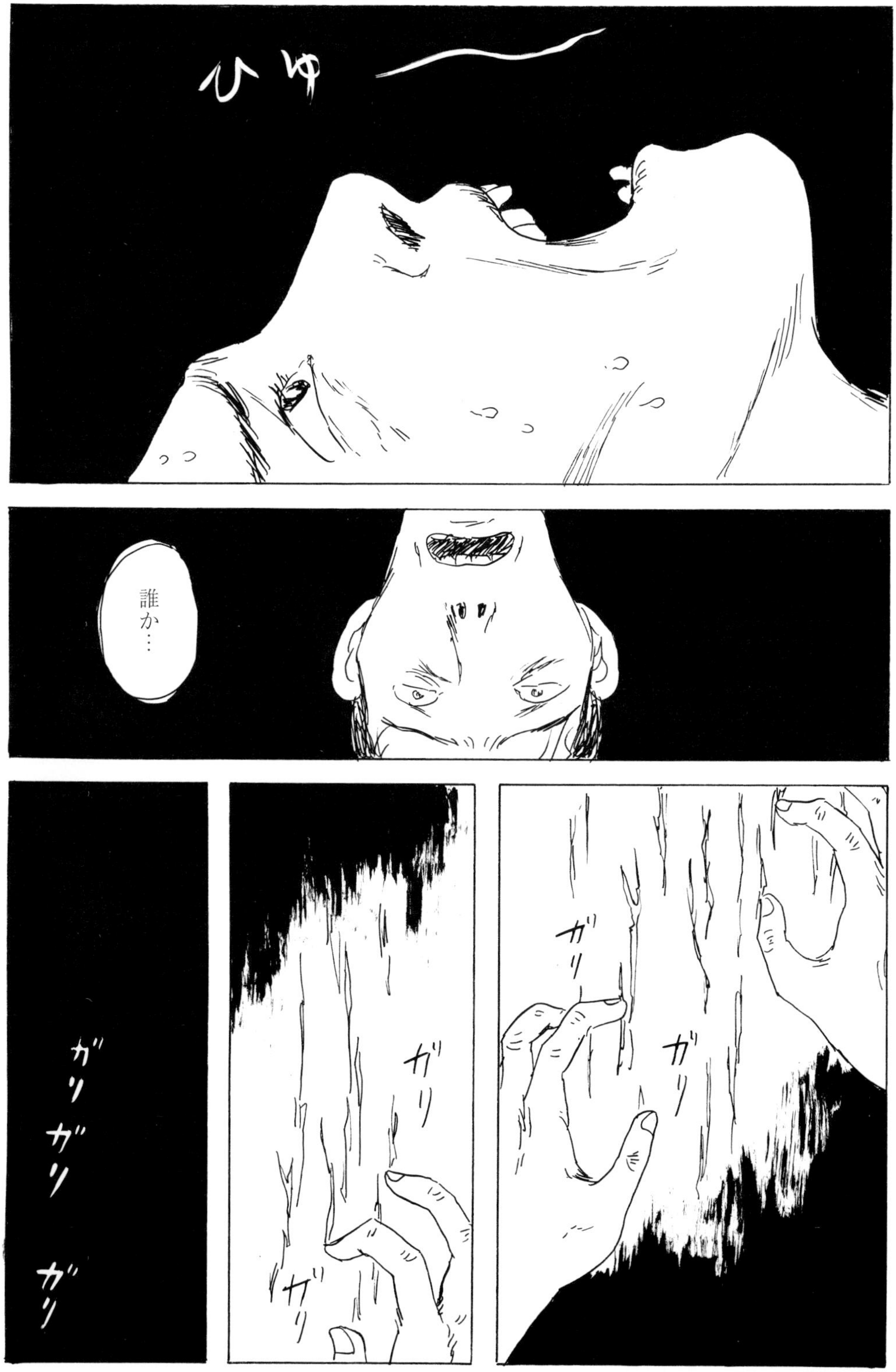
ひゅー
誰か…
ガリ
ガリ
ガリ
ガリ
ガリガリ
ガリ

玄関が開きっ放し…
なんだろう胸騒ぎがする
まさかあの人が今日こそ離縁だなんて云い出さないでしょうね
只今
誰もいないのかい!
ハイハイ
お前一人なの?
お竹どんは裏で洗濯をしているのでございます

で檀那様は？
お部屋でございましょう
だっていらっしゃらないじゃないか
あらそうでございますか
なんだねお前昼寝をしてたんでしょう
困るじゃないか
そして坊やは？
さあ
最前までお家でお友達と…
あの…檀那様もごいっしょで隠れん坊をなすっていたのでございますよ
まあ
檀那様が…
ほ…
しょうがないわね
じゃきっと檀那様も表なんだよお前探しといで
いらっしゃればそれでいいんだからお呼びしないでもいいからね

しゅっ
ガリガリ…
?
ガリガリ…
ガラ
ガリガリ…
ガチガチ
助けてくれ…
俺だ…
まああなた!
長持の中なんかに一体どうなすったんですの!

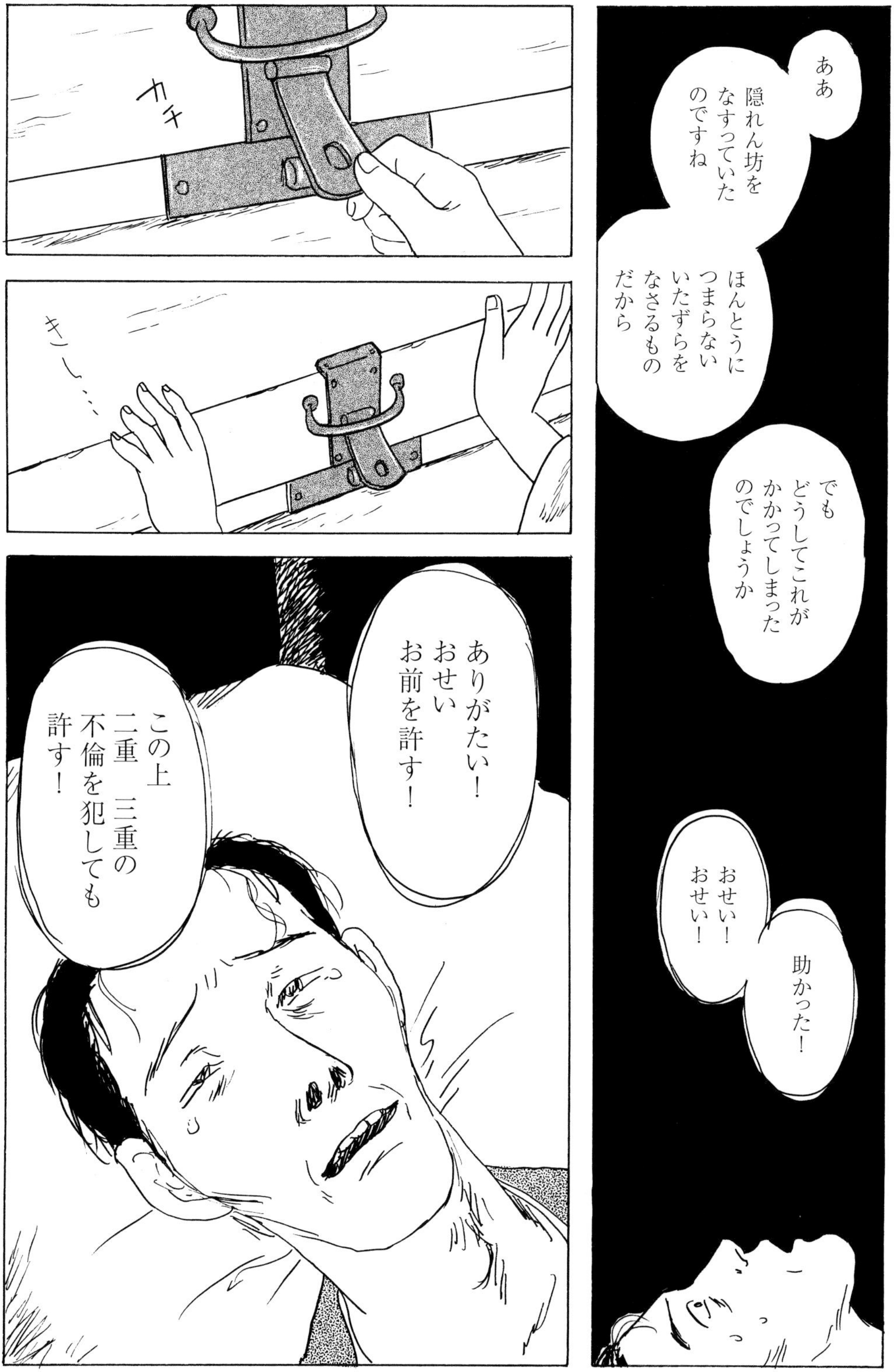
ああ
隠れん坊をなすっていたのですね
ほんとうにつまらないいたずらをなさるものだから
でもどうしてこれがかかってしまったのでしょうか
助かった!
おせい!おせい!
カチ
きし……
ありがたい!おせい お前を許す!
この上 二重 三重の不倫を犯しても許す!

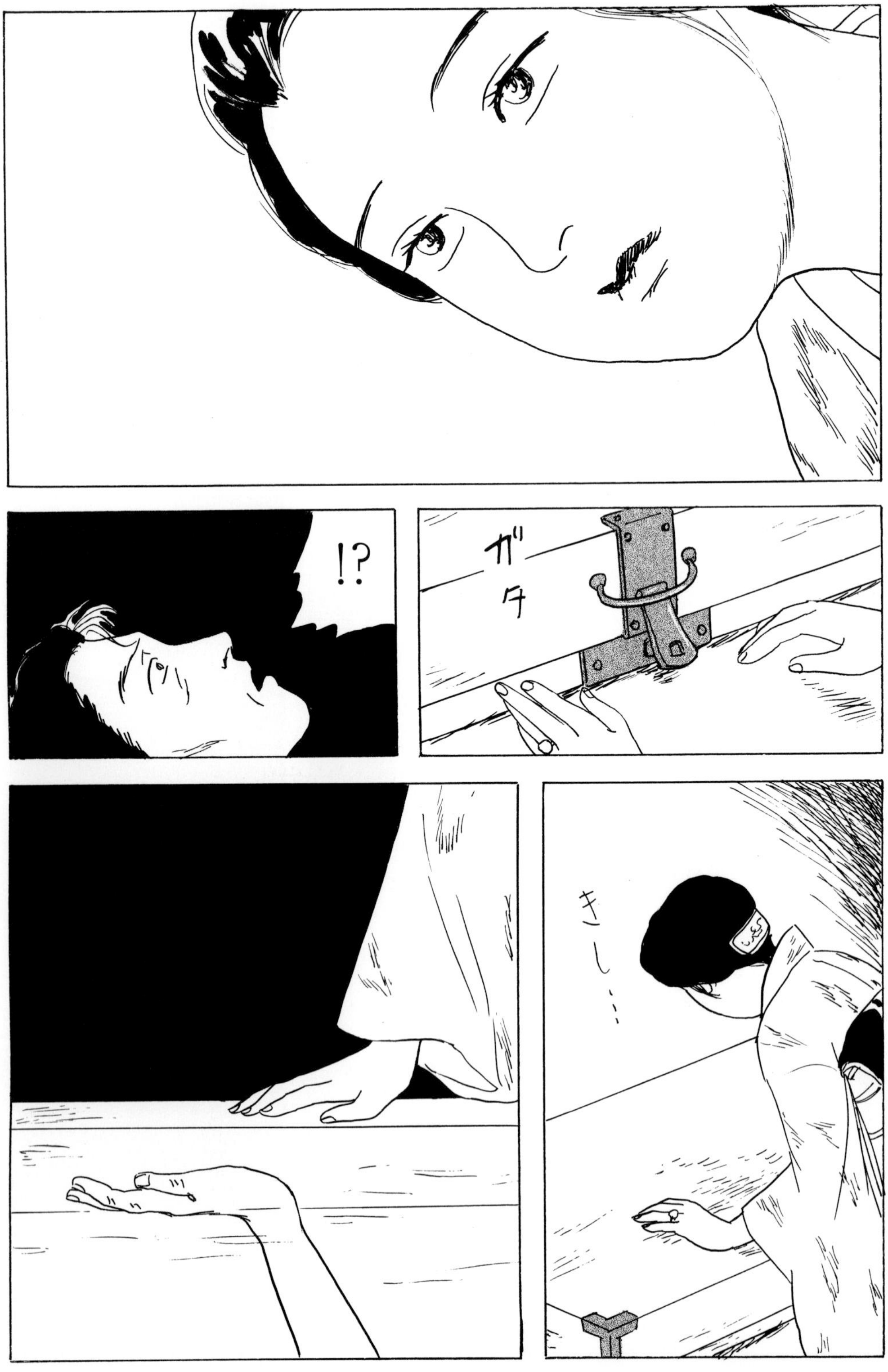
!?
ガタ
きし・・

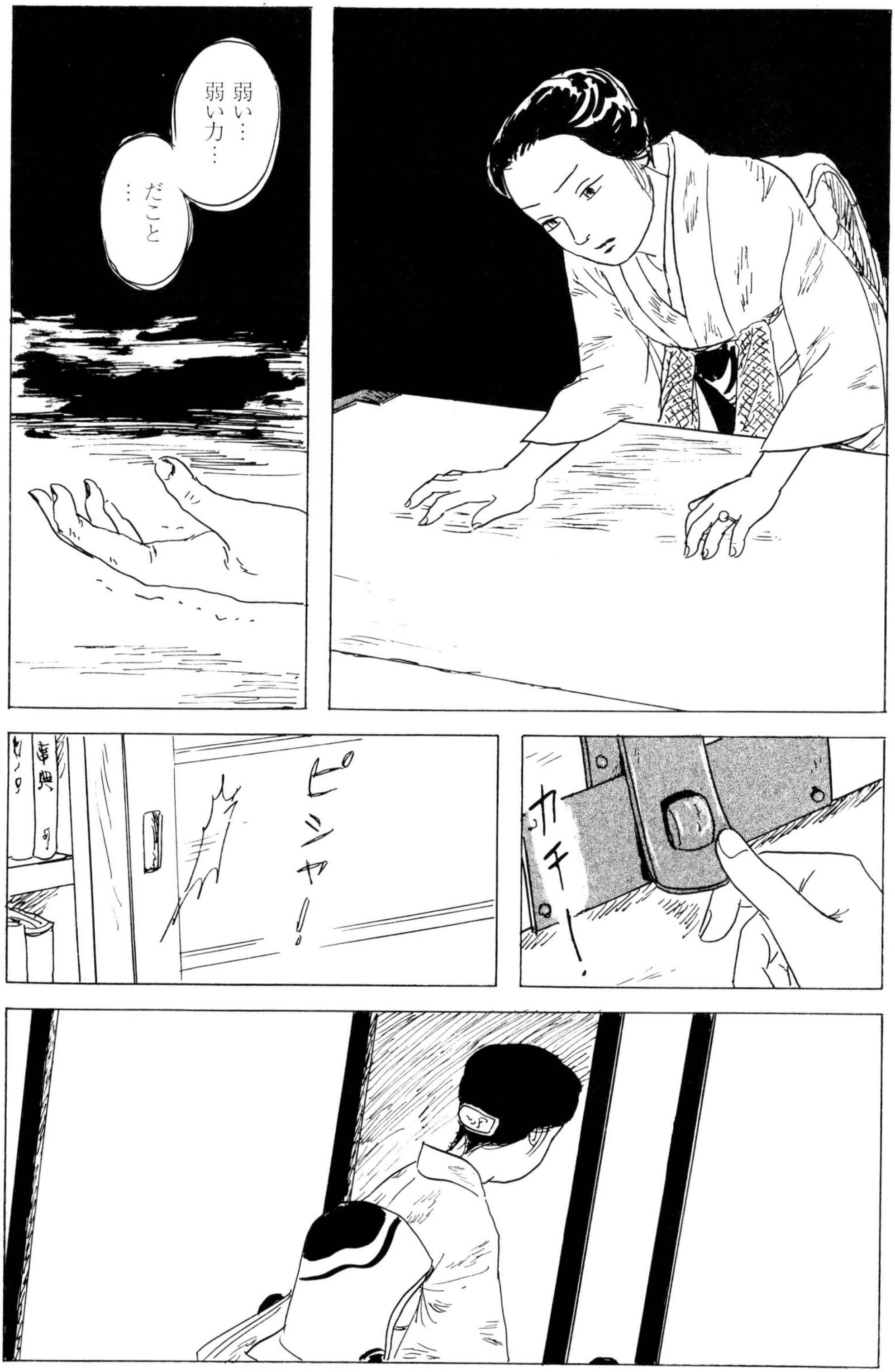
弱い…
弱い力…
だこと…
事典
ピシャ!!
カチー!

こんなことをしてしまって…
私どうなるのかしら…
ガリガリガリガリ
きっ
ぱたん
あの人が誤って閉じ込められたことは
子供達や女中共が証言してくれる
キッ
声だって気づかなかったと云えばそれまでだ
きっ
ぱたん
ぱたん
大丈夫だ大丈夫だ

檀那様を知らないかい？
さあ
早く！今の内にあの人の声や物音が止まってくれればいい
ガラ！
おせい！
ガン
ガン
お…
やっぱり助けようか！
がたっ
殺そうと思ったのは知られているんだもの
今さら助けることなんかできない

あなた…
許して…
音が…止んだ…

これで
誰はばかる
ことなく
楽しく暮せる
遺産も
入る

えー
夫人が発見されたそうでありますが
検死の形式を略する訳にはいかないので
ご遺体はそのままにしてあります
これより蓋を開けます
カタ・・

おお…

暗くなってもこの人の姿が見えなくて……まさかと思って押入れを開けたら……
私はどうしてこんなに平気で嘘八百を云える女になったんだろう
これは……
え…

オセイ
オセイ
姉さんのことですね
…そうですわね…
ガリガリガリガリ
ガリガリガリガリ
兄さんは死際まで姉さんを…
まあ…
それ程私のことを心配していて下すったのでしょうか…
うっ
姉さん…

姉さん…
おせいさんも
さすがに男と
別れたよう
ですし
正一の養育も
ありますから
遺産の分配は
相応にしようと
思います
ママ
僕たち
ほんとうに
引越すの？
そうだよ
この家は
売ってしまう
から

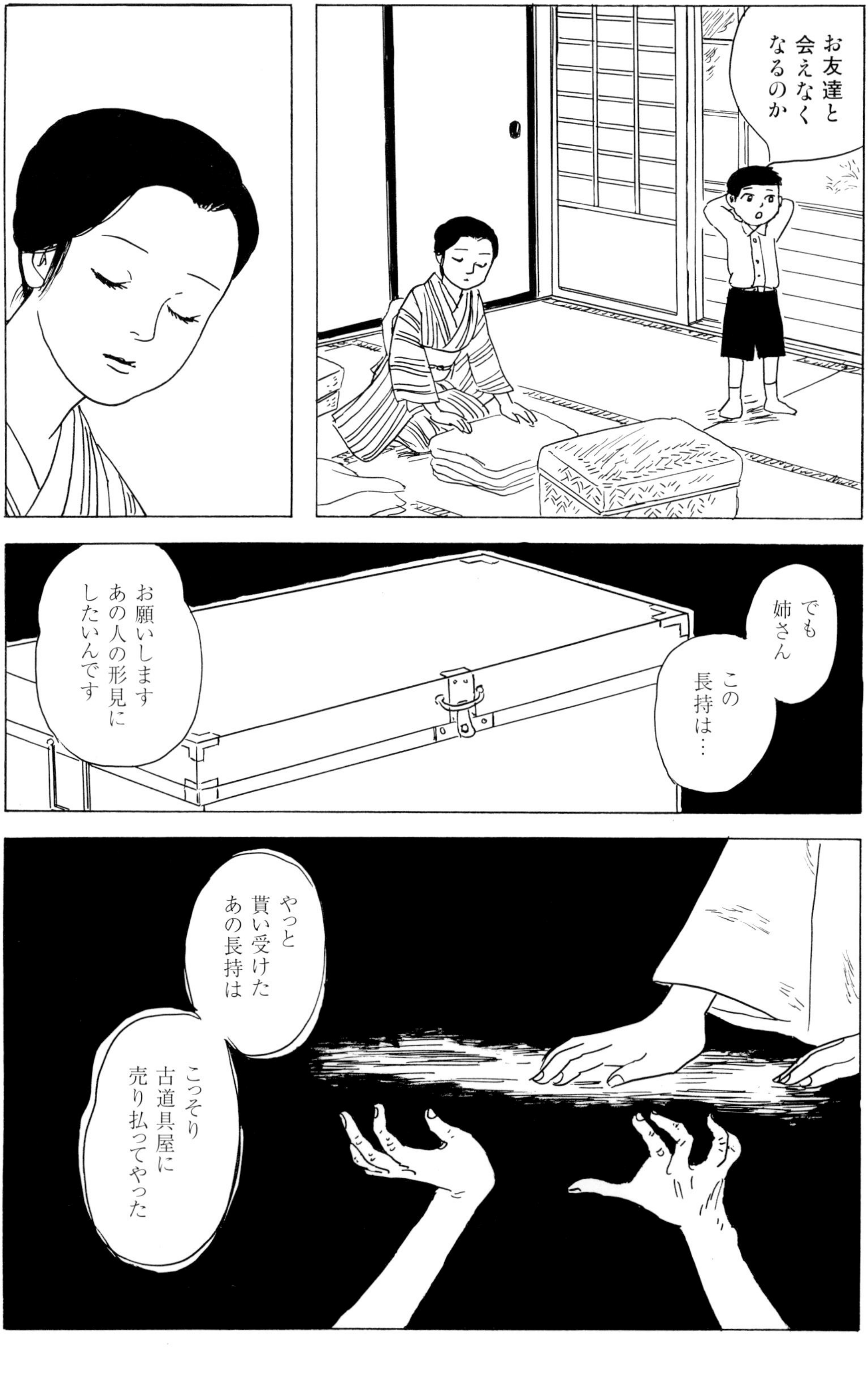
お友達と会えなくなるのか
でも姉さん
この長持は…
お願いしますあの人の形見にしたいんです
やっと貰い受けたあの長持は
こっそり古道具屋に売り払ってやった

どんな人の手に渡ったのだろう
オセイ
その人は
あの文字をみつけて どんな女を 想像するだろう
オセイ
私のことを

●主な参考文献

『江戸川乱歩全集』全30巻　2003年～2006年　光文社文庫
『江戸川乱歩推理文庫 特別補巻　貼雑年譜』1989年　講談社
『新潮日本文学アルバム41　江戸川乱歩』1993年　新潮社
『江戸川乱歩アルバム』平井隆太郎監修・新保博久編　1994年　河出書房新社
『少年探偵団読本』黄金髑髏の会　1994年　情報センター出版局
『乱歩「東京地図」』冨田均　1997年　作品社
『うつし世の乱歩——父・江戸川乱歩の憶い出』平井隆太郎著・本多正一編　2006年　河出書房新社
『乱歩の軌跡　父の貼雑帖から』平井隆太郎　2008年　東京創元社
「幻影城」1975年7月増刊号「江戸川乱歩の世界」絃映社
「太陽」1994年6月号特集「江戸川乱歩」平凡社
「江戸川乱歩と大衆の20世紀展・図録」2004年8月　「江戸川乱歩と大衆の20世紀展」実行委員会
「大乱歩展　神奈川近代文学館開館25周年記念」2009年10月　県立神奈川近代文学館・財団法人神奈川文学振興会
「芸術新潮」2009年10月号小特集「ひらけ、乱歩！」新潮社
「ユリイカ」2015年8月号特集「江戸川乱歩」青土社

●編集協力

平井憲太郎

立教大学
立教大学江戸川乱歩記念 大衆文化研究センター
落合教幸

本多正一

●撮影

本多正一
p1、p3、p12～15、p16（下4点）、p17～21、p24～25、p27、p29、p32～33、p35、p38～39、p41（左3点）、p42～45、p46～47（肖像写真以外）、p61～62、p65～71、p82、p103（左上と下2点）

立教大学江戸川乱歩記念 大衆文化研究センター
p4、p5（左3点）、p52～59

竹上晶
p5（右端）、p83～88、p91（上9点）、p97（右端と左端）、p102（右下）、p103（右上）

文藝春秋
p22～23、p48～49

広瀬達郎（新潮社写真部）
p10～11、p26、p34、p72～81、p91（下17点）、p93（左端）、p99、p100、p102（右上）

●ブックデザイン

中村香織

●シンボルマーク

nakaban

＊本書はすべて書き下ろしです。

＊本文中、江戸川乱歩作品は、光文社文庫『江戸川乱歩全集』全30巻から引用しました。
p34の「乱歩書簡集」は講談社『江戸川乱歩全集』第22巻所収です。

＊p111～142に掲載の近藤ようこ氏描き下ろし漫画「お勢登場」は江戸川乱歩原作です。

＊本書収載の写真で撮影者が明らかでなく、連絡のとれないものがありました。ご存じの方はお知らせください。

昭和32年、土蔵の中の乱歩。

とんぼの本

怪人《かいじん》 江戸川乱歩《えどがわらんぽ》のコレクション

発行 2017年12月25日

著者 平井憲太郎《ひらいけんたろう》 本多正一《ほんだしょういち》 落合教幸《おちあいたかゆき》
浜田雄介《はまだゆうすけ》 近藤《こんどう》ようこ

発行者 佐藤隆信

発行所 株式会社新潮社

住所 〒162-8711 東京都新宿区矢来町71

電話 編集部 03-3266-5611
読者係 03-3266-5111

ホームページ http://www.shinchosha.co.jp/tonbo/

印刷所 半七写真印刷工業株式会社

製本所 加藤製本株式会社

カバー印刷所 錦明印刷株式会社

©Shinchosha 2017, Printed in Japan

乱丁・落丁本は御面倒ですが小社読者係宛お送り下さい。
送料小社負担にてお取替えいたします。
価格はカバーに表示してあります。

ISBN978-4-10-602278-4 C0395